The Legend of Iguassu Falls:
The Folklore, Mystery, and Beauty

Chrustal Welty Peters
2013
1st printing

The Legend of Iguassu Falls

The Folklore, Mystery, and Beauty

C.W. Peters

Illustrations by Lauren O'Connor
Translations by Márcio & Abigail Pinto

A Lenda das Cataratas do Iguaçu

Folclore, Mistério e Beleza

C.W. Peters

Ilustrações de Lauren O'Connor
Tradução de Márcio e Abigail Pinto

Library of Congress Control Number:		2013908191
ISBN:	Hardcover	978-1-4836-3188-2
	Softcover	978-1-4836-3187-5
	eBook	978-1-4836-3189-9

This book was printed in the United States of America.

Rev. date: 12/12/2013

To order additional copies of this book, contact:
Xlibris LLC
1-888-795-4274
www.Xlibris.com
Orders@Xlibris.com
114240

Com todo o meu amor, eu dedico este livro ao povo do Brasil e a January, minha amiga de longa data.

With all my love, I dedicate this book to the people of Brazil and my longtime friend January.

PREFÁCIO

A S CATARATAS DO Iguaçu – Iguaçu significa água grande–, na América do Sul, estão entre as maiores e mais singulares cachoeiras do mundo. Situadas em uma floresta tropical na fronteira do Brasil, Argentina e Paraguai, mistério e beleza envolvem-lhe a alma. Sua outra beleza emana do sinuoso Rio Guaçu que corta a densidão da floresta, permitindo que a luz brilhe enquanto os animais vêm à beira-rio procurando comida e água. Logo depois das quedas, o Rio Guaçu desemboca no Rio Paraná, em seu caminho para o mar. Outrora, esses rios serviam de corredores para nativos e exploradores.

Os rios criavam rotas importantes pela floresta. Funcionando como estradas, eles ofereciam um método rápido de viagem aos nativos. Eles também proviam um meio de transportar suprimentos, de geravam fontes variadas de alimentos.

Ao viajar nesses rios, em 1542, o conquistador europeu Álvaro Nunes Cabeza de Vaca estava numa procura persistente por ouro no Novo Mundo para a coroa espanhola. Em vez de ouro, ele descobriu muitas coisas, entre elas as Cataratas do Iguaçu. Ele ficou maravilhado por sua beleza e força. Sua "descoberta" apresentou as cataratas aos europeus e estabeleceu os detalhes das rotas fluviais para os seus mapas.

FOREWORD

SOUTH AMERICA'S IGUA-
ssu Falls (*Ee-gwa-soo*, meaning
"big water") is one of the world's largest and most unusual
waterfalls. Situated in a rainforest on the borders of Brazil,
Argentina, and Paraguay, mystery and beauty envelop its soul. Its
other beauty comes from the snakelike Guassu River that cuts
through the denseness of the forest, allowing the light to shine
through while wildlife comes to the river's edge for food and
water. Shortly beyond the falls, the Guassu River flows into the
Parana River on its way to the sea. In the beginning, these rivers
provided passage for both natives and explorers.

The rivers created lifelines through the forest. Functioning as
roads, they offered a swift method of travel for the native people.
They also provided a way to move supplies, as well as created a
wide range and variety of food sources.

While traveling these rivers in 1542, the European explorer
Alvaro Nunes Cabeza de Vaca was on a persistent search for
gold in the New World for the Spanish crown. Instead of gold,
he discovered many other things – one was Iguassu Falls. He
was awed by its beauty and power. His "discovery" introduced
the falls to the Europeans and established details of the water
routes for their maps.

Mapa dos rios da América do Sul

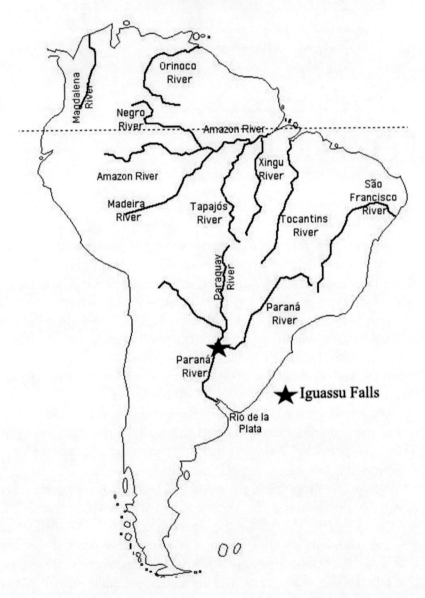

Map of South America's Rivers

SUMÁRIO

CONTENTS

CAPÍTULO I

M'BOI NÃO É O MEU DEUS

Tarobá no topo da montanha

CHAPTER 1

M'BOI IS NOT MY GOD

Taroba on the mountaintop

Milhares de anos antes de Colombo, o povo caingangue governava sobre as águas e florestas. Os caingangues (também grafado kaingang ou kanhgág) partilhavam a paisagem com as tribos tupi e guarani, na região sul do que hoje chamamos de Brasil, Argentina e Paraguai, na América do Sul. Embora as tribos tivessem seus governantes, a verdadeira soberana da terra era a floresta. Em constante crescimento e metamorfose, ela reclamava brutalmente suas vítimas, às vezes com astúcia, às vezes com força.

Os caingangues eram povo simples, porém disciplinados. Vivendo na natureza, suas vidas dependiam da harmonia, da atenção à natureza e da fé. Eles precisavam uns dos outros para sobreviver. Desafios constantes da Mãe Natureza ditavam que eles vivessem para o hoje e esperassem pelo amanhã. Junta a tribo tinha uma sinergia que lhe dava força além da força de seus indivíduos. Cada um tinha seu trabalho e lugar na tribo. As mulheres eram responsáveis pelas provisões. Isto incluía as conservas, os alimentos frescos, os cobertores, as roupas, as ervas medicinais e as ferramentas. Com os homens mais velhos, elas ensinavam aos jovens da tribo os costumes e habilidades necessários à sobrevivência na floresta. Os homens que não eram guerreiros eram responsáveis pelo fogo, pela água, pelo processamento das carnes e dos peixes, e pela construção e manutenção das ocas. Guerreiros eram os homens, entre as idades de 12 e 25 anos, que caçavam e protegiam a aldeia. Depois dos 25 anos, os homens eram considerados anciãos, visto que na floresta a expectativa de vida era menos do que 35 anos.

THOUSANDS OF YEARS before Columbus, the Caingangue people ruled over the waters and rainforest. The Caingangue (also spelled *Kaingang* or *Kanhgág*) shared the landscape with the Guarani and Tupi tribes in the interior south of what we now call Brazil, Argentina, and Paraguay in South America. Although the tribes had their rulers, the real ruler of the land was the rainforest. In constant growth and metamorphosis, it claimed its victims savagely, sometimes with trickery, sometimes with force.

The Caingangue were a simple, yet disciplined, people. Living in the wild, their lives depended on harmony, attention to nature, and faith. They needed each other just to survive. Mother Nature's constant challenge meant they lived for today and hoped about tomorrow. Together, the tribe had a synergy that gave them strength beyond their individuality. Everyone had a job and a place within the tribe. The women were responsible for the stores. This included preserved and fresh foods, blankets and clothing, medicinal herbs, and tools. Together with the elder men, they taught the younger tribal members the customs and skills necessary to survive in the forest. The men who were not braves were responsible for the fire and water, processing the meats and fish, and building and maintaining the huts. Braves were the men between the ages of twelve and twenty-five, who hunted and protected the village. After age twenty-five, men were considered elders, since the average lifespan in the forest was less than thirty-five years.

No entanto, tornar-se um guerreiro não estava predestinado. Era necessário mostrar-se apto para a tarefa. Aos 12 anos, o candidato a guerreiro jejuava. Durante esse período, os anciãos oravam por chuva e também pela jornada do candidato. Quando começavam as tempestades, eles vendavam os olhos do jovem penhor e levavam-no a uma parte da floresta desconhecida por ele.

Lá, no alto de uma montanha, os anciãos o deixavam sem comida nem água. Os únicos pertences permitidos eram um amuleto, de madeira entalhada, pendurado ao pescoço para servir de guia, um tacape de madeira de araucária e uma longa lança. O candidato não podia deixar o cume da montanha até o meio-dia, no dia seguinte. Caso retornasse à aldeia, ele seria, então, iniciado na tribo como um adulto. Ele tornara-se um guerreiro. Aqueles que retornavam mais rápido recebiam treinamento especial dos anciãos e alcançavam a posição de batedor. Alguns nunca retornavam.

Aos 12 anos, o musculoso Tarobá era um guerreiro caingangue singular. Ele sentia-se diferente acerca da vida, em relação aos demais. Seu pai era Igobi, o cacique, ou chefe, da tribo. Igobi governava a tribo inteira. Sua autoridade estendia-se à área ao redor do Rio Guaçu, do alto da serra Colombo até o ponto de confluência com o Rio Paraná. De longe, oitocentos quilômetros de floresta tropical densa e exuberante que escondia partes da região. "E daí?", Tarobá pensou. "Tamanho não é documento." Tarobá, na verdade, não conhecia Igobi como pai, mas apenas como o chefe da tribo. Visto que Igobi era o cacique, Tarobá e sua mãe foram mantidos à distância. Era o costume o cacique viver só. De fato, Tarobá tinha dificuldades em lidar com seu pai e em acreditar nos costumes passados, especialmente quando se tratava de M'BOI, o deus de seu pai.

However, becoming a brave was not predestined. One had to prove oneself fit for the task. At twelve, the brave candidate fasted. During this time, the elders prayed for rain and for his journey. When the thunderstorms began, they blindfolded the young pledge and took him into a part of the forest that was unfamiliar to him.

There, on a mountaintop, they left him with no food or water. The only possessions allowed were a carved wooden amulet hung around his neck for guidance, a wooden club made from the Monkey Puzzle Tree, and a long spear. He could not leave the mountaintop until high noon the next day. If he made it back to the village, he was initiated into the tribe as a man. He was a brave. Those that made it back the fastest were given special training from the elders and positions as scouts. Some never returned.

At twelve, the muscular Taroba was a unique Caingangue brave. He felt different about life than the others. His father was Igobi, the *cacique*, or chief, of the tribe. Igobi ruled over the entire tribe. His authority extended to the area around the Guassu River, from high in the Colombo Sierra past its fusion with the Parana River. This was easily eight hundred kilometers – all thick, lush forest that kept hidden parts of the region. "So what," Taroba thought. "Size does not mean wise." Taroba really didn't know Igobi as a father, only as chief. Since Igobi was *cacique*, Taroba and his mother had been kept at a distance. It was customary for the *cacique* to live alone. In fact, Taroba had a hard time dealing with his father and believing in the ways of the past, especially when it came to his father's god, M'BOI.

Olhando ao redor, Tarobá sentia-se cercado por miséria e sem a proteção de um deus! As chuvas foram fortes naquele ano e os mosquitos, ferozes. A comunidade tribal era dizimada por um ataque de febre amarela. Rampante nas selvas e florestas da América do Sul, a febre amarela é uma doença infecciosa aguda que destruiu indiscriminadamente muitas tribos indígenas. A infecção é transmitida através da picada de um mosquito, um pequeno sugador de sangue, de cor escura, chamado *Aedes aegypti*. A fêmea do mosquito transmite o vírus na corrente sanguínea de sua vítima, dominando-a por meio de febre alta, sangue na urina e icterícia. Nos casos fatais, estes sintomas são seguidos por uma descarga abundante de sangue, e a vítima sangra até a morte. Tarobá perdera sua mãe e a maioria de seus amigos para esta peste horrível.

A febre amarela, por si só, destruíra a fé de Tarobá no poder protetor de M'BOI. Mas havia mais. As chuvas eram intermináveis e violentas. O rio estava turbulento. Frutas apodreciam nas árvores antes de amadurecer. As outras tribos estavam desassossegadas e combativas, e a floresta estava implacável. "Como é que M'BOI nos está protegendo?", Tarobá pensou. "Ele não está nos protegendo, mas sim, nos controlando."

O resto da tribo vivia em completa submissão e temor a seus deuses. M'BOI, o deus-serpente do rio, era o principal deus adorado pelos caingangues. M'BOI era o mestre e sua vontade era final.

Looking around, Taroba felt surrounded in misery, not protected by a god! The rains had been heavy that year and the mosquitoes had been fierce. The tribal community was crippled by the deaths caused by an attack of yellow fever. Rampant in the jungles and forest of South America, yellow fever is an acute infectious disease that indiscriminately wiped out many tribal Indians. Infection is transmitted by a bite from a mosquito, a small dark-colored bloodsucker called the *Aedes aegypti*. The female mosquito transmits the virus into the bloodstream of its victim, overpowering him with high fever, blood in the urine, and the yellowing effects of jaundice. In fatal cases, these symptoms are followed with an abundant discharge of blood as the victim hemorrhages to death. Taroba had lost his mother and most of his friends to this horrible plague.

Yellow fever alone was enough to destroy Taroba's belief in M'BOI's protective powers. But there was more. The rains were unending and fierce. The river was turbulent. Fruits were rotting on the trees before they were ripe. The other tribes were restless and combative and the forest was unforgiving. "How is M'BOI protecting us?" Taroba thought. "He is not protecting us but contoling us.

The rest of the tribe lived in complete submission and fear of their gods. M'BOI, the serpentine god of the river, was the main god worshiped by the Caingangue. M'BOI was the master and his will was final.

A lenda selvagem de M'BOI fora transmitida de geração a geração pela tribo. Os caingangues acreditavam que a existência da própria tribo era a prova do poder que M'BOI exercia sobre eles. Muitas outras tribos haviam perecido, mas M'BOI guiara os caingangues pela floresta. M'BOI mostrava-lhes onde encontrar alimento. M'BOI os protegia dos perigos da floresta. E, anualmente, essas crenças demandavam um sacrifício humano a M'BOI. Os caingangues reverentemente reconheciam essa cerimônia sacrificial. Eles o tinham feito por séculos.

M'BOI's savage legend had been handed down through the tribe from generation to generation. The Caingangue believed the existence of their tribe itself was proof of the power M'BOI held over them. Many other tribes had perished, but M'BOI had guided the Caingangue through the forest. M'BOI showed them food to eat. M'BOI protected them from the perils of the forest. And annually, their beliefs demanded a human sacrifice to M'BOI. The Caingangue acknowledged this sacrificial ceremony reverently. They had for centuries.

CAPÍTULO 2

MINHA NAIPI

Dança do fogo e a libertação dos espíritos

CHAPTER 2

MY NAIPI

Fire dance and release of the spirits

NAIPI E SUA família eram da região do Rio Guaçu superior. A sua tribo era renomada pelo seu conhecimento da floresta. As outras tribos reverentemente consideravam a tribo de Naipi como "curandeiros do corpo" e "comunicadores do espírito". Todos honravam a sua competência. Os membros da tribo dominavam a arte da cura tão rapidamente, que as outras tribos acreditavam que eles nasciam com tal conhecimento. No entanto, este ano fora particularmente penoso para todos os povos da floresta. As chuvas, o sol e os ventos uniram-se em suas naturezas destrutivas. Todos foram afetados de alguma maneira, incluindo a tribo do Povo Curandeiro. Ninguém ficou imune.

A tribo do Povo Curandeiro foi inundada. A aldeia inteira de Naipi foi varrida por uma rápida parede de água, criada pelo acúmulo da chuva incessante. Naipi, filha do cacique da tribo, só se salvou porquanto não conseguira dormir naquela noite e subira numa grande canforeira para admirar as estrelas.

Ela adorava contemplar a lua e as estrelas. Mas naquela noite, em vez de olhar as estrelas, Naipi agarrou-se desesperadamente à árvore e assistiu à horrível inundação abaixo. Seus dedos doíam quando ela fechou os olhos e ouvia os gritos da aldeia, a sua família, ser subitamente tomada pela água corrente.

As chuvas nas montanhas uniram-se em uma força maior do que qualquer grupo de guerreiros. Não houvera nenhuma dança de guerra. Nenhum rosto pintado. Nenhum grito de guerra. Com força brutal e o elemento de surpresa, a enchente atacou, abateu a terra, tomou suas ofertas sacrificais e fez sua reivindicação. O Povo Curandeiro da floresta fora silenciado pelo poder de M'BOI.

N AIPI (*NAH-AP-EE*) AND her family hailed from the upper Guassu River. Their tribe was known for their wisdom of the rainforest. All the other tribes reverently ranked Naipi's tribe as "healers of the body" and "spirit speakers." All honored their powers. Everyone in the tribe mastered the healing arts so quickly that the other tribes believed that they were born with the knowledge. However, this year had been particularly burdensome for all the forest people. The rains, the sun, and the winds had unified in their destructive natures. Everyone was affected in some way, including the Healing People's tribe. No one was immune.

The Healing People's tribe was inundated with water. Naipi's whole village had just been wiped out by a rapid wall of water created by the accumulation of unending rain. Naipi, the daughter of the tribe's chief, was saved only because she couldn't sleep that night and had climbed a great camphor tree to look at the stars. She loved watching the moon and the stars.

But that night instead of watching the stars, Naipi clung desperately to the tree as she watched the horrible flood below. Her fingers ached as she closed her eyes and listened to the screams of the village – her family – as they were suddenly overcome by the rushing water.

The mountain rains had united into a power greater than any group of braves. There had been no war dance. No painted faces. No battle cry. With brute force and the element of surprise, the flash flood attacked, won its lands, took its sacrificial offerings, and made its claim. The Healing People of the forest had been silenced by M'BOI's power.

Dias depois, Naipi foi encontrada perto do rio, ainda tremendo de horror, quando alguns batedores de Igobi chegaram em suas jangadas. Esses barcos primitivos eram construídos utilizando-se seis toras arranjadas paralelamente: duas no centro (chamadas de meios), mais duas de cada lado (chamadas de mimburas – uma palavra tupi) e duas nas extremidades (chamadas de bordos).

As quatro toras centrais (meios e mimburas) eram unidas por cavilhas de madeira mais forte do que a das toras. Os bordos eram, então, amarrados às mimburas utilizando-se mais cavilhas, de modo a estarem elevados em relação à seção central. As jangadas eram o único meio de transporte dos caingangues no rio.

Os guerreiros viajaram rio acima a fim de conduzirem a tribo do Povo Curandeiro até a tribo de Igobi. À tribo de Igobi faltava a perícia revitalizante dos curandeiros do Guaçu. A grande praga estava infectando todo o seu povo. Igobi e sua tribo precisavam do conhecimento e da habilidade dos curandeiros. Mas os guerreiros retornaram apenas com Naipi, tomada por dor. Igobi sentiu-se derrotado. Os deuses não lhe deixaram escolha. Naipi era tudo o que ele tinha. Igobi acreditava que M'BOI exigiria todos os curandeiros. Obviamente, M'BOI ficaria irritado com essa reviravolta do destino.

Logo após a chegada de Naipi, a cerimônia "Caminho das Almas" foi preparada. Sem tal rito, os espíritos dos curandeiros mortos contaminariam as plantas e as águas.

Days later, Naipi was found by the river, still quivering from horror, when Igobi's scout braves arrived in their *jangadas*. These primitive boats were constructed using six wooden logs put together in parallel: two in the center (called *meios*, or means), two more on either side of those (called *mimburas*, a Tupi word), and two on the outside, called *bordos*.

The four central logs (*meios* and *mimburas*) were joined using wooden pegs, made of stronger wood than the logs. The *bordos* were then bound to the *mimburas* using more wooden pegs, set slightly higher than the center. These *jangadas* were the Caingangue's only mode of transportation on the river.

The braves had traveled upriver to lead the Healing Tribe to Igobi. Igobi's tribe lacked the revitalizing expertise of the Guassu healers. The great plague was infecting all of his people. Igobi and his tribe needed the wisdom and powers of the healers of the body. Instead, the braves returned with Naipi, stricken with grief. Igobi felt defeated. The gods left him no choice. Naipi would have to do. Igobi predicted M'BOI had wanted all the tribal healers. Obviously, M'BOI would be angry at this twist of fate.

Immediately upon Naipi's arrival, the ceremony for the "Path of the Souls" was prepared. Without this, the spirits of the dead healers would infect the plants and the waters.

Tarobá trabalhou com os outros guerreiros, pintando seu corpo em preto e branco, as cores simbólicas de purificação, e ajudou a aperfeiçoar os sons dos atabaques. A cerimônia começou à noite. A tribo se reuniu. As mulheres fizeram uma roda, segurando as mãos e cantando. Logo, cantos e uma dança frenética em honra a M'BOI e IEMANJÁ, a deusa do mar, tiveram início.

As mulheres juntaram flores e perfumes para a oferenda a IEMANJÁ. Embora os caingangues estivessem no interior, junto ao Rio Guaçu, e IEMANJÁ fosse a deusa do mar, as índias colocariam suas oferendas à beira-rio. As orquídeas brancas eram as mais belas flores, e os brotos da palmeira ofereciam os cheiros mais perfumados e cativantes. A combinação certamente agradaria a IEMANJÁ. Se as ofertas afundassem, ou fossem carregadas para o mar durante a noite, IEMANJÁ, assim era dito, teria aceitado suas orações e concederia seus favores à tribo. "IEMANJÁ é uma deusa caprichosa", pensava Tarobá. No entanto, o medo da punição pelos deuses por seu atrevimento crescente ainda o incomodava e o mantinha um pouco na linha durante os rituais.

A noite foi cheia de música e orações a M'BOI, suplicando-lhe misericórdia. O fogo estava grande e quente, e as dançarinas pingavam de suor, causado pela intensidade da dança ritualística.

Taroba worked with all the braves, painting their bodies black and white, the symbolic colors of purification, and then he helped perfect the sounds of their *atabaque* drums. The ceremony began at nighttime. The whole tribe gathered. The women stood in a circle, holding hands and singing. Soon chants and frenzied dancing began in honor of M'BOI as well as IEMANJA, the goddess of the sea.

The women had gathered flowers and perfumes for the offerings to IEMANJA. Although they were inland on the Guassu River, and IEMANJA was the goddess of the sea, they would place offerings to her at the riverbank. The white orchids were the most beautiful flowers and the buds of the palm tree offered the most fragrant and captivating smells. The combination would certainly please her. If the offerings were sunk in the water or carried away to the sea during the night, IEMANJA was said to accept their prayers and grant them favors. "IEMANJA is a vain goddess," thought Taroba. Yet, fear of punishment by the gods for his growing sauciness troubled him and kept him somewhat in line during the rituals.

The night was filled with music and prayers to M'BOI, pleading for mercy. The fire was big and hot and the dancers were dripping with sweat from the intensity of the ritual dance.

O fogo, as orações, a dança, o calor e os gritos criaram uma energia fascinante, sentida em toda a floresta naquela noite. A tribo bebia um chá inebriante, feito de milho e mandioca, que os guiava na busca espiritual. A música e os gritos tornaram-se cada vez mais altos à medida que a noite avançava. Dançando e rodopiando ao ritmo dos tambores, a tribo se concentrava na presença dos espíritos ao redor do fogo. Após horas de gritar e dançar, eles caíram ao chão, exaustos, cada um esperando uma visão de M'BOI. Para muitos o sono veio acompanhado do nascer do sol. Certamente, M'BOI reconheceria que fora um ritual animado.

Aos poucos, a tribo acordou e retornou à rotina. Naipi estivera sentada à beira do rio por horas quando Tarobá a encontrou cercada de orquídeas e flores de coco. A verdade velada era que IEMANJÁ ignorara as dádivas da tribo.

– Isso não é bom – Tarobá comentou ao sentar-se ao lado de Naipi.

Eles passaram o dia às margens do rio, conversando por horas. Naipi logo sentiu afeição por Tarobá. Ele era gentil e curioso. Ele a fazia rir.

Quase todos da tribo desconfiavam de Naipi. Eles não discerniam se ela era um anjo ou um demônio. Decididamente ela era uma forasteira. A fim de garantir a utilidade de Naipi, Igobi ordenou que Tarobá a guiasse pela floresta para apanhar e preparar as ervas medicinais para o seu povo. Logo, Tarobá viu a tarefa como um prazer, não um fardo. A viagem foi divertida. Ela deu nova apreciação da floresta a Tarobá, nos momentos em que ele e Naipi coletavam ervas e riam juntos. Naipi era diferente quando estava na floresta, Tarobá notou. Ela sentia-se viva. Sentia-se em casa.

The fire, the prayers, the dancing, the heat, and the cries all formed a spellbinding energy felt throughout the rainforest that night. The tribespeople drank an intoxicating tea made from corn and cassava to guide them on their spiritual quest. The music and cries grew louder and louder as the night progressed. Dancing and twirling to the beat of the drums, the tribe focused on the presence of the spirits around the fire. After hours of screaming and dancing, they fell to the ground, exhausted, each one hoping for a vision from M'BOI. For many, sleep came just as the sun was rising. Surely M'BOI recognized it had been a lively ritual.

Slowly, the tribe awoke and returned to routine. Naipi had been sitting by the river for hours when Taroba found her, surrounded by orchids and coconut flowers. The foreboding truth was that IEMANJA had ignored their gifts.

"This is not good," Taroba said as he sat beside Naipi. They spent their day by the river, talking for hours. Naipi quickly formed a bond with Taroba. He was kind and inquisitive. He made her laugh.

Most of the tribe was suspicious of Naipi. They couldn't decide if she was an angel or a devil. She was definitely an outsider. In order to ensure Naipi's usefulness, Igobi commanded Taroba to guide her through the forest, to gather and prepare the medicines for his people. Soon Taroba found this order to be a pleasure, not a burden. The trip was fun. It gave Taroba a new awareness of the forest as Naipi and he gathered herbs and laughed together. Naipi was different when she was in the forest, Taroba noticed. She was alive. She was home.

Tarobá e Naipi tornaram-se inseparáveis. Quando Naipi trabalhava na floresta, Tarobá era seu guia e companheiro. Embora Tarobá conhecesse as trilhas, o que ele mais aprendera acerca da floresta foi como combatê-la.

Ele cortava seu caminho através dos galhos, tão somente para encontrá-los emaranhados e de volta à sua forma natural na próxima vez que ele tentava penetrá-los. Ele via a floresta como um rival. Naipi a enxergava como uma amiga.

Um dia, sentado junto de Naipi, Tarobá pensou, "Naipi tem pele mais macia do que a asa de uma borboleta. Seus olhos são profundos e negros. Seu cabelo é longo e graciosamente cai em torno do seu corpo. Ela já tem a forma completa e rica de uma beleza majestosa, ainda que desafiadora. Quando ela fala, sua voz é lírica, e suas palavras são pacientes e observadoras. Ela é encantadora. Ela é minha divindade. Não o M'BOI".

Ciente do olhar constante de Tarobá e sentindo-se embaraçada, Naipi, inquieta, reclamou:

– Tarobá, preste atenção! Eu preciso da sua ajuda. Amarre essas ervas em maços como este, assim suas propriedades podem ser liberadas aos doentes. Quando alguém queima com o grande fogo, você deve rapidamente separá-lo do resto da tribo e colocá-lo a cerca de um fogo ainda maior. À medida que o sol muda de direção, do seu primeiro aparecimento, até bem alto, e até seu ocaso, despeje a água gelada do Guaçu sobre o doente.

– Isso o fará tremer, e o fogo dançará para fora do seu corpo. Então, cubra-o com o couro do jacaré. Esse escudo pesado protegerá o doente e não permitirá que seu espírito suba sem seu corpo.

Soon Taroba and Naipi were inseparable. When Naipi did her work in the forest, Taroba was her guide and companion. Although Taroba knew the paths, the most he had ever learned about the forest was how to fight it.

He hacked his way through the branches only to find them ensnarled and returned to form the next time he went to penetrate them. He approached the forest as a rival. Naipi approached it as a friend.

One day, as he sat beside her, Taroba thought, "Naipi has skin softer than a butterfly's wing. Her eyes are deep and black. Her hair is long and gracefully falls around her body. At fifteen, she already has the full and rich form of a stately yet defiant beauty. When she speaks, her voice is lyrical, her words patient and observant. She is enchanting. She is my divinity. Not M'BOI."

Aware of Taroba's constant stare, and feeling self-conscious, Naipi said uneasily, "Taroba, pay attention! I need your help. Tie these herbs in bunches like this, so their powers can be released to the sick ones. When one burns with the great fire, you must quickly set them apart from the rest of the tribe and place them around a bigger fire. As the sun changes directions from its first sighting, to high above, to its last sighting, pour the icy water of the Guassu over them.

"This will make them shake, and dance the fire out of their bodies. Then, cover them with the skins of the alligator. This heavy shield will protect them and not allow their spirit to rise without their bodies.

– Só mais uma coisa: apanhe a terrível piranha; nós a cozinharemos em uma sopa e alimentaremos o doente com o caldo de piranha. Isso lhe dará força para combater os demônios interiores.

Juntos eles trabalharam, catando os ingredientes e preparando as poções. Quando eles retornaram à aldeia, Naipi mostrou às mulheres caingangues como aplicar o emplastro de ervas ao corpo. Ela mostrou-lhes como arrefecer os doentes com água. Ela também lhes mostrou como fazer a cama e como cozinhar a sopa. Com essas tarefas delegadas, Naipi gastava mais tempo na floresta, sozinha com sua beleza e com Tarobá. Estar com o resto da tribo a tornava impaciente e intratável. Era doloroso demais. Era uma lembrança constante de que sua tribo, sua família, não mais existia.

Sutilmente, os caingangues mostravam que Naipi era uma forasteira. Seu desassossego era notado pelas outras mulheres, que estavam assustadas por sua intensidade e demandas de excelência. A cada passagem de espírito, Naipi parecia mais dura e exigia exatidão das mulheres na preparação da sopa e aplicação do emplastro. Sua dureza carregava um tom de culpa, como se ela ou as mulheres fossem as culpadas pelas mortes. Ela permitia que apenas Tarobá a ajudasse na preparação das ervas, e isto era feito isolado na floresta.

Era um processo complicado. Era sagrado, e era importante que tudo fosse feito com amor, e em belos cenários. Tarobá sempre encontrava exuberantes ribanceiras, especialmente para essa tarefa.

One more thing: catch the deadly piranha; we shall cook it into a soup and feed them the *caldo do piranha*. This will give them the strength to fight the inner demons."

Together they worked, gathering ingredients and making the potions. When they returned to the tribe, Naipi showed the Caingangue women how to apply the herb paste to the body. She showed them how to douse the sick ones in water. She showed them how to prepare the bed and how to make the soup. With these chores delegated, she had more time in the forest, alone with its beauty and Taroba. Being around the rest of the tribe made her impatient and angry. It was too painful. It was a constant reminder that her tribe, her family, was gone.

Subtly, the Caingangue let Naipi know she was an outsider. Her uneasiness was noted by the other women, who were frightened by her intensity and demands for excellence. At each passing of a spirit, she seemed to be harsher and more demanding of their exactness in preparation of the soup and application of the paste. Her harshness carried a guilty tone, as if either she or they were responsible for the deaths. She allowed no one but Taroba to help her with the preparation of the herbs, and that was all done alone in the forest.

It was complicated. It was sacred, and it was important to be done with love and in beautiful surroundings. Taroba always found lush river embankments especially for this task.

CAPÍTULO 3

A SOLIDARIEDADE DE TAROBÁ

Tarobá e a jiboia

CHAPTER 3

TAROBA'S SOLIDARITY

Taroba and the boa constrictor

T AROBÁ ERA ESPECIAL para Naipi. Trabalhar com ele dia e noite, para cuidar das demandas dos doentes, era confortante. Eles praticamente viviam sozinhos na floresta e iam à aldeia apenas para entregar os emplastros e as ervas. Permanecer aquelas poucas horas na aldeia era agora uma tarefa chata para Tarobá, algo que ele preferia não ter de fazer. Igobi o questionava muito. As receitas das medicinas eram sagradas, o lugar de preparação era santo, ainda assim Igobi queria que Tarobá revelasse esses segredos. Igobi queria que seu povo possuísse o conhecimento da cura. Mas de acordo com as leis de M'BOI, se Tarobá revelasse o segredo as poções perderiam o seu efeito.

"E a vingança de M'BOI? Será que meu pai não está sendo descuidado com respeito a esta possibilidade? Ou é conveniente para ele impor apenas as regras que são conhecidas por toda a tribo? Isto é hipocrisia!", pensou Tarobá.

Diariamente sua fé em M'BOI vacilava à medida que ele aprendia mais da floresta, mais de Naipi e mais das crenças de Igobi e dos outros anciãos. "O que eles querem?", Tarobá perguntava-se. "Suas regras são falhas. Seu deus é conveniente e implacável." Tarobá amava seu pai incondicionalmente. Mas ele tinha dificuldade em aceitar crenças tão limitadoras. "Se M'BOI é deus, por que é necessário o estímulo exterior das ervas para sentir sua presença? E por que é necessário destruir o belo para se granjear favor? Tudo isso parece distorcido. O que provoca reflexão tão irreverente?", Tarobá pensava. Era um alívio deixar a aldeia e retornar à floresta, o seu refúgio divino.

T AROBA WAS SPECIAL to Naipi. Working with him day and night, to keep up with the demands of the sick, was comforting. They practically lived alone in the forest, arriving in the village only long enough to bring in the pastes and herbs. Just to remain the few hours in the village was now a chore for Taroba, one he would prefer to do without. Igobi questioned him too much. The medicinal recipes were sacred, the preparation place holy, yet Igobi wanted Taroba to divulge these secrets. He wanted his people to have this healing knowledge. And according to M'BOI's law, if Taroba told, it would take away the power of the potions.

"What about M'BOI's revenge? Isn't father being careless about that possibility? Or is it convenient for him to only impose the rules that are known to the entire tribe? This is hypocrisy!" thought Taroba.

Daily his faith wavered in M'BOI as he learned more about the forest, more about Naipi, and more about the beliefs of Igobi and the other elders. "What do they want?" he wondered. "Their rules are flawed. Their god is convenient, yet relentless." Taroba loved his father unconditionally. But he was having a hard time accepting such limiting beliefs. "If M'BOI is such a god, why does it require the outside stimulation of herbs to feel his presence? And why is it necessary to destroy beauty to gain favor? This all sounds and feels distorted. What provokes such irreverent reflection?" Taroba thought. It was a relief to leave the village and get back to the forest, his divine refuge.

Sozinhos na floresta, Tarobá provava vez após vez sua dedicação e respeito por Naipi. Ela era engenhosa. Ele era inteligente. Juntos, eles trabalhavam, riam, descobriam, estudavam um ao outro e às plantas. Naipi era parte da floresta. Ela era uma flor que desabrochava diariamente, só para ele. Ela irradiava compaixão e respeito por cada planta e animal com que tinha contato.

Ela conversava com o espírito da planta e explicava-lhe a necessidade que ela tinha de suas propriedades. Ela sempre dava à terra algo em troca da planta que tomava. Isso era um sinal, dizia ela, de suas boas intenções.

– Tarobá – ela disse um dia enquanto eles preparavam o emplastro junto a uma pequena fogueira –, você não pode tomar algo sem substituí-lo de alguma forma. Se você deixar de substituir, você criará um vazio, uma violação da natureza. Os deuses não permitem tal coisa. Se você não fizer restituição voluntária, os eventos se alinharão de tal maneira que o que você tomou desaparecerá, ou você será *forçado* a dar algo em troca. É como funciona. Preste atenção e você verá por si mesmo.

– Naipi – Tarobá disse –, eu vejo o seu amor pelos remédios e pelas ervas que apanhamos. Vejo você sorrir ao assistir a lua atravessar a noite. Eu vejo você deliciar-se ao sol à margem do rio, durante o nosso descanso diário. Mas eu vejo também sua dor. Quais são os seus sonhos?

Alone in the forest, Taroba proved time after time his devotion and respect for Naipi. She was resourceful. He was clever. Together they worked, laughed, discovered, and studied one another and the plants. Naipi was a part of the forest. She was like a flower blooming daily, just for him. She radiated compassion and respect for all the plant and animal life in which she came into contact.

She spoke to the spirit of each plant and explained the need she had for its powers. She always gave something to the earth in its place. This was a sign, she said, of her honorable intentions.

"Taroba," she said to him one day, as they prepared the paste over a small fire, "you can never take something without replacing it in some way. If you fail to replace it, you create a void, a breach of nature. The gods do not allow this. If you don't voluntarily replace it, events will arrange themselves so that either it disappears, or you are *forced* to give something back. It is the way. Pay attention and you will see this for yourself."

"Naipi," said Taroba, "I see your love for the medicines and the plants that we gather. I see you smile as you watch the moon pass over the night. I see you delight in the sun by the river during our daily rest. Yet I also see your pain. What are your dreams?"

— Eu sonho em pertencer. Você é meu único amigo. Você é a minha vida, o que eu tenho agora de mais próximo a uma família — Naipi suspirou e continuou —, mas você também é a minha dor. Eu estou só, uma pária. Minha família se foi, e você é o filho do cacique. Eu não pertenço à sua tribo, e os anciãos nunca permitirão que fiquemos juntos. Em breve, você será forçado a se casar com outra pessoa. Sem o meu conhecimento da floresta, eu não teria permissão para permanecer em sua tribo. Isso não é uma imagem de amor e beleza, e sim de escravidão. Sem dúvida, a minha posição é alta, mas não passa de uma representação entalhada, sem um corpo para trazer-lhe vida. Como é que eu posso ser feliz aqui?

— Eu estarei com você — Tarobá respondeu. — Eu não sou do mesmo sangue que meu pai. Nós olhamos para a vida de diferentes lados do rio. Eu não estou preso a ele como foi profetizado. Meus dias com você significam tudo.

Naquele momento, Tarobá olhou para Naipi e viu um arco-íris brilhando acima de sua cabeça. O arco-íris tinha cerca de dez centímetros de diâmetro e cintilava esmeralda ao deslizar da árvore.

— Naipi — Tarobá anunciou calmamente —, quando eu pegar meu tacape, corra para o outro lado do fogo.

Naipi percebeu imediatamente que Tarobá vira uma jiboia. Lentamente, Tarobá apanhou seu tacape. Num instante, Naipi estava ao seu lado. Juntos eles observaram completamente imóveis a jiboia afastar-se para a floresta à procura de sua presa. Hoje, ela não atacaria um guerreiro caingangue tampouco uma curandeira do Guaçu.

"I dream of belonging. You are my only friend. You are my life, the closest thing I have now to a family." Naipi sighed as she continued. "You are also my pain. I am alone, an outcast. My family is gone and you are the chief's son. I am not of your tribe and your rulers will never let us be matched. Soon, you will be forced to marry someone else. Without my knowledge of the forest, I would not be allowed to stay with your tribe. This picture is not one of love and beauty, but of slavery. No question, my position is high, but it is no more than a carved figurehead without a body to bring it life. How can I be happy here?"

"I shall be with you," answered Taroba. "I am not of the same blood as my father. We look at life from different sides of the river. I am not bound to him as it is prophesied. My days with you mean everything." At that moment, he looked down at her, only to see an iridescent rainbow shimmering above her head. It was about five inches in diameter and it flashed emerald green as it slithered out of the tree.

"Naipi," he said calmly, "when I pick up my club, you run to the other side of the fire." Naipi knew immediately that Taroba saw a boa constrictor. Slowly, Taroba reached for his club. In a dash, Naipi was safe. Together they watched, completely still, as the boa constrictor slowly moved off into the forest in search of prey. Today it would not strike a Caingangue brave or a Guassu healer.

CAPÍTULO 4

CAMINHANDO PELA FLORESTA

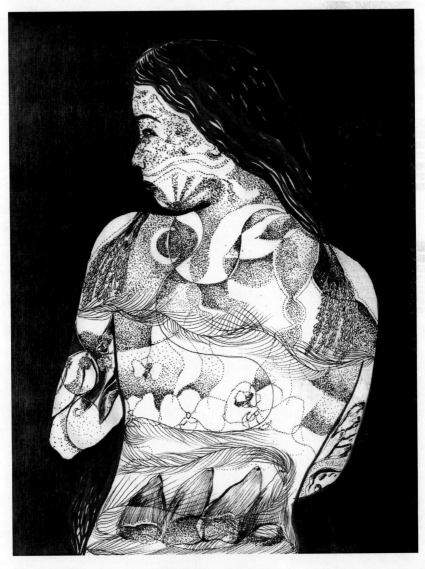

Naipi, a curandeira

CHAPTER 4

MOVING THROUGH THE FOREST

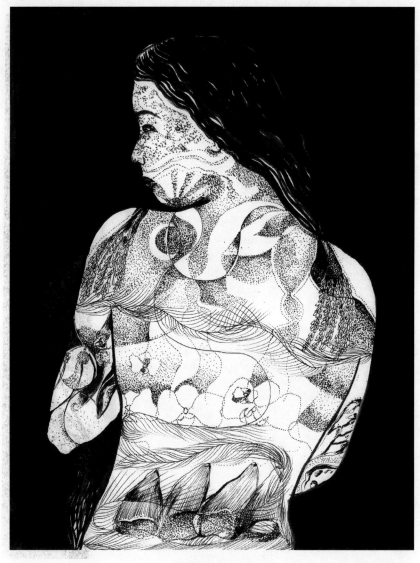

Naipi the healer

D IARIAMENTE A PRAGA tomava mais e mais da tribo. A pressão estava sobre Naipi e Tarobá para produzir tanto do medicamento quanto possível.

– Tarobá, nós devemos trabalhar mais rápido e ser mais inteligentes. Eu vou precisar da sua ajuda para apanhar plantas e frutas. Você traz a água e acende o fogo. Eu colocarei as pedras sagradas e as penas ao redor. Então, juntos aprontaremos uma porção grande de emplastro. Vai nos custar até tarde da noite e estaremos cansados. Mas é a única maneira de estarmos preparados. Você deve se lembrar de que suas ações e atitude afetarão a eficácia da medicina. O trabalho deve ser feito com um sorriso.

Tarobá concordou e acrescentou:

– Eu lhe servirei durante a noite e vou aprender mais rápido, assim eu posso lhe ajudar mais. A maioria de nossos guerreiros foi atingida e está agora ao redor do grande fogo. Naipi – ele pausou –, por que algumas vezes as poções funcionam, e outras vezes, não?

Naipi respirou fundo e expirou lentamente; olhando de soslaio, ela meneou a cabeça, pensando.

– Eu não tenho certeza. Às vezes, eu acho que algumas plantas sejam mais bonitas e mais resistentes do que outras. Às vezes, eu acho que o doente tenha mais força interior ou mais gordura. Às vezes, eu acho que o fogo dentro deles queime mais quente . . . e, às vezes, eu acho que . . . – sua voz foi sumindo.

DAILY THE FOUL plague took more and more of the tribe. The pressure was on Naipi and Taroba to produce as much of the medicine as possible. "Taroba," said Naipi, "we must work faster, and be clever. I'll need your help gathering the plants and fruits. You bring up the water and build the fire. I'll place the sacred stones and feathers around. Then together we will ready a large batch of the paste. It will take us far into the night and we will be tired. It's the only way for us to be prepared. You must remember that your actions and attitude will affect the medicine's potency. The work must be done smiling."

Taroba agreed and added, "I will serve you throughout the night and I will learn faster, so I may help you more. Most of our braves have been struck and are now around the big fire." He paused. "Naipi," he said. "Why is it that sometimes the potions work and sometimes they do not?"

Naipi took a deep breath in and released it slowly; her eyes began to squint as she shook her head, thinking. "I'm not sure. Sometimes I think it's because the plants are prettier and hardier than others. Sometimes I think it's because the sick one has greater inner strength or more fat. Sometimes I think the fire within them burns hotter . . . and sometimes I think . . ." She trailed off.

– O quê? O que você ia dizer? Naipi, nenhum segredo entre nós, você prometeu – Tarobá retrucou.

– Sim, você está certo, nenhum segredo. Bem . . . talvez seja possível que, às vezes, a medicina seja forte demais e transporte o doente mais próximo dos deuses, em vez de trazê-lo de volta à tribo – ela suspirou.

– Naipi! Você quer dizer tão forte quanto à picada da cobra vermelha e amarela? – Tarobá gemeu.

– Sim, Tarobá, é isso que eu quero dizer – Naipi exclamou. – Sim, sim! De que outra maneira eu poderia dizer isto? Eu não faço de propósito. Eu não tenho certeza, mas eu acho que seja assim. Eu sei que as pessoas da tribo estão apostando em mim e eu estou trabalhando o mais pesado possível, mas muitos guerreiros, mulheres e crianças estão entregando o espírito. Isso é demais para mim!

Naipi jogou as mãos ao ar e correu para a floresta. Ela precisava de privacidade. Suas lágrimas eram pela sua família, pelo povo da tribo que estava doente e por si mesma. Ela estava cansada. Tudo o que ela queria era estar emparelhada a Tarobá e ter algum tempo para dormir e comer. Ela adorava fazer as poções, mas as quantidades agora requeridas eram além de sua habilidade.

Tarobá foi buscar água para o emplastro. Ele começou a preparar a lenha para o fogo. Ele apanhou madeira suficiente para manter um fogo bem quente queimando durante o dia inteiro e a noite inteira.

"What? What were you going to say? Naipi, no secrets from me, you promised," said Taroba.

"Yes you're right, no secrets. It's just, well . . . it's just possible that sometimes the medicine is too strong and brings them closer to the gods rather than back to the tribe." She sighed.

"Naipi! You mean, too strong like the bite of the red and yellow snake?" moaned Taroba.

"Yes, Taroba, that is what I mean!" Naipi cried. "Yes! Yes! How else can I say this? I don't do it on purpose. I don't know this for sure. But I feel this may be so. I know the tribe people are counting on me and I'm working as hard as I can, but so many braves, women and children are yielding their spirits. This is all too much for me!"

Naipi threw up her hands and ran into the forest. She needed her privacy. Her tears were for her family, for the tribe's people who were sick, and for herself. She was tired. All she wanted was to be matched with Taroba and to have some time to sleep and eat. She loved making the potions, but the quantities being demanded now were beyond her capabilities.

Taroba went to get water for the paste. He began preparing wood for the fire. He gathered enough wood to keep a hot fire burning throughout the day and night.

Taroba preparou algumas castanhas e frutas para Naipi e ele comerem. Ele também tinha algumas frutas secas e carne, presentes da tribo. Ele manteve-se ocupado enquanto esperava Naipi voltar.

Horas mais tarde, Naipi retornou da floresta com o vestido, como um grande pote, cheio de casca de angostura. Em sua tribo, angostura era chamada de cusparia. Com a casca eles preparariam um chá e um emplastro. Aqueles queimando com o grande fogo seriam arrefecidos e aliviados com isto, um precursor da aspirina moderna.

Naipi sorria ao contar quanta sorte ela tivera de encontrar a árvore e uma pedra para remover a casca.

– Era como se eu estivesse sendo conduzida diretamente à árvore, e a ferramenta tivesse sido colocada no lugar exato. A casca foi tão facilmente removida desta vez. Eu não pude acreditar. Foi tão mágico. Eu só fazia secar o meu rosto e rir. Às vezes as coisas acontecem de forma tão estranha! Você não acha, Tarobá?

– Acho sim, Naipi – Tarobá riu. – Especialmente quando estamos juntos na floresta. Eu acho que você seja encantada!

– É isso que você acha? Bem, talvez eu seja talvez eu não seja – Naipi brincou. – De qualquer maneira, nós temos muito que fazer. Eu vejo que você aprontou o lugar cerimonial. Muito obrigada, meu amigo. Hoje nós precisamos encontrar a beladona, as canforeiras, o palmito e a baunilha. Se tivermos tempo, pegaremos alguns cocos, mangas e mamões. Eu também quero apanhar as frutas do imbé. Acho que isso vai melhorar o remédio.

Naipi virou-se para juntar seus cestos e ofertas.

He prepared some nuts and berries for Naipi and him to eat. He also had some dried fruits and meat, gifts from the tribe. He kept himself busy as he waited for Naipi to come back.

Hours later, Naipi returned with her dress filled, like a great pot, with angostura bark. Her tribe called it cusparia bark. This they would make into a tea and a paste. Those burning with the great fire would be cooled and relieved with this, a precursor to modern-day aspirin.

She was smiling as she stated how lucky she had been to find the tree and a stone to remove the bark. "It was as if I was led straight to it and the tool had been placed right there. It came off so easily this time. I couldn't believe it. It was so magical. I couldn't help but dry my face and laugh. Sometimes things happen in such an odd way! Don't you think so, Taroba?"

"Yes Naipi," Taroba snickered. "Especially when we are in the forest together. I think it's because you are charmed!"

"Is that what you think? Well, maybe I am and maybe I'm not," Naipi quipped. "Either way, we have lots to do. I see you have the ceremonial site readied. Many thanks, my friend. Today we must find the deadly nightshade, the camphor trees, hearts of palm, and vanilla. If we have time we must pick some coconuts, mango, and papaya. I also want to gather the fruit of the giant philodendron. I think this will improve the medicine." Naipi spun around to gather her baskets and offerings.

As chuvas recentes trouxeram nova exuberância à floresta. O sol estava quente e vapor subia do chão. Tarobá encontrou um bosque abundante em orquídeas e palmeiras. Naipi começou a arrancar as vagens de baunilha das orquídeas. O chá de baunilha produzia um líquido aromático escuro que condimentava a medicina e fazia a área ao redor da fogueira cheirar melhor. Naipi acreditava que a baunilha carregava doces espíritos. Tarobá cortava a parte superior das palmeiras a fim de colher o palmito. Apenas a palmeira do Triássico, com folhas em forma de abano, produzia essa substância. O palmito era a parte branca comestível, parecida com uma raiz no interior da planta.

Era delicioso e importante para o remédio, mas difícil e demorado de coletar. O processo envolvia o corte da metade superior da árvore e o arrancamento do cerne.

Naipi encontrou muitas vagens de baunilha e prosseguiu a ajuntar o ingrediente mais importante para o remédio: a beladona. Hoje em dia, a planta é, às vezes, chamada de "erva do diabo", por ser perigosa; tão venenosa quanto uma cobra. Em medicamentos, mitiga a dor e provê alívio das violentas convulsões causadas pela febre alta. Naipi colheu muitas dessas plantas antes de retornar ao bosque.

Cerca de uma hora depois, Tarobá, molhado e cansado, desceu da árvore e caiu ao chão. Ele conseguira apanhar suficiente palmito, mas estava exausto.

— Está excepcionalmente úmido hoje, Naipi — ele comentou. — Eu tenho comida em meu bornal; vamos comer e descansar. Então nós procuraremos a canforeira. Eu prometo que cumpriremos o nosso propósito.

The recent rains had brought a new lushness to the rainforest. The sun was hot and steam rose from the forest floor. Taroba found a thicket abundant with orchids and palms. Naipi began gathering the vanilla bean from the orchids. The vanilla tea produced a dark, aromatic liquid that flavored the medicine and made the area around the fire smell better. Naipi believed it carried sweet spirits. Taroba broke the tops of the palms to gather the hearts. Only the Triassic flowering, fan-leaved palmate produced this substance. It was the white, edible, root-like interior of the plant.

It was delicious and important to the medicine, yet difficult and time consuming to gather. The procedure entailed cutting down the top half of the tree and then digging the core out.

Naipi found many vanilla beans and went on to gather the most important ingredient for the medicine, the deadly nightshade. Nowadays, the plant is sometimes called the "devil's herb" because it is dangerous, as poisonous as a snake. Its other name is belladonna. In medicines, it eases pain and provides relief from violent seizures brought on by high fevers. Naipi collected many of the plants before returning to the thicket.

About an hour later, Taroba climbed down and fell upon the ground, wet and tired. He had managed to get enough hearts of palm, but he was exhausted. "It is especially steamy today, Naipi," he said. "I have food in my bag; let us eat and rest. Then we can search for the camphor tree. I vow we will fulfill our purpose."

Relutantemente, Naipi sentou-se ao lado de Tarobá. Ela tinha encontrado uma mangueira, e a fruta estava suculenta e doce. Manga era sua fruta favorita. Naipi deu uma a Tarobá, dizendo:
– Tome. Isto o vai refrescar e satisfazer.

O gosto de manga era como uma mistura de banana, laranja, abacaxi e pêssego; seu sabor foi mitigante ao estômago, mas estimulante às papilas gustativas. A suculenta manga proporcionou um momento singelo de alegria, e precioso a Naipi. Ela apreciou aquele momento.

O sol estava em seu caminho descendente, e Tarobá e Naipi ansiosamente procuravam pela canforeira. O primeiro grupo de canforeiras que Tarobá encontrou estava infectado com insetos, portanto não era adequado à medicina. Eles continuaram a procurar. A procura estava lhes tomando muito tempo. Frustrado e impaciente, Tarobá, disse:
– Você certamente já tem casca de cânfora suficiente nos suprimentos.
– Não, Tarobá – Naipi lamentou-se –, eu não tenho nenhuma. Nós precisamos catar um pouco e voltar ao nosso acampamento. Eu tenho uma ideia: vamos voltar por um caminho diferente e também vamos procurar pelo imbé. Os sons dos macacos nos levarão aos imbés. Os macacos escolhem essa fruta para comer à tarde. Nós seremos guiados. Eu sei que você está cansado, mas precisamos ter um coração sorridente. Esse remédio deve ser preparado como se fosse para a pessoa a quem você mais ama.

Reluctantly, Naipi sat down beside him. She had found a mango tree and the fruit was juicy and sweet. Mango was her favorite fruit. She gave one to Taroba saying, "Here, this will cool and satisfy you." The mango's flavor was like a blend of banana, orange, pineapple, and peach; its taste soothed their stomachs and excited their taste buds. The succulent mango provided Naipi a simple, treasured moment of joy. She savored that moment.

The sun was on its downward path as Taroba and Naipi both searched anxiously for the camphor tree. The first group of camphor trees Taroba found was infected with bugs, and not suitable for the medicine. They continued to look. It was taking too much time. Frustrated and impatient, Taroba said, "Surely you have enough camphor bark in the supplies?"

"No Taroba," said Naipi. "I don't have any. We must gather some and we must be getting back towards our fire site. I have an idea. Let's go back a different way and also look for the giant philodendron. The sounds of the monkeys will lead us to them. They choose this fruit to eat in the afternoons. We will be guided. I know you are tired, but we must have a smiling heart. This medicine must be prepared as if it were for your most beloved."

    – Você está certa, Naipi – Tarobá admitiu. – Minha força foi devorada pelas palmeiras, e eu estava apenas reclamando. Eu estou feliz aqui com você. Eu tenho a sorte de ser forte e saudável. Vamos!

    Tarobá sorriu, apanhou os cestos e dirigiu-se para o sul.

"You're right, Naipi," said Taroba. "My strength has been devoured by the palm trees and I was just moaning. Being here with you, I am happy. I am lucky to be strong and healthy. Let's go!" Taroba smiled as he gathered the baskets and headed south.

CAPÍTULO 5

VARIEDADE DE VIDA NA FLORESTA

Borboletas na floresta

CHAPTER 5

VARIETY OF LIFE IN THE FOREST

Butterflies in the forest

"**N**AIPI ESTAVA CERTA como sempre", Tarobá confessou a si mesmo. Os gritos do búgio e do macaco-prego os guiaram a uma área densa da floresta, abundante em variedades de plantas e árvores, incluindo a canforeira gigante! Naipi juntou casca de cânfora enquanto Tarobá subiu nas árvores para colher as frutas do imbé. A fruta era muito parecida com a banana e tinha as propriedades de fortalecer uma pessoa, após ela queimar com o grande fogo.

Naipi assistiu a Tarobá subir nas árvores. As pernas dele eram fortes e bem formadas. Ele era rápido e ágil, pronto a tomar riscos necessários para alcançar os seus objetivos. Ele era compassivo e generoso. Intenso e ávido, embora gentil, ele era um verdadeiro guerreiro caingangue. "Eu o estimarei para sempre", Naipi pensou distraída por um grupo de borboletas acima dela.

Suas asas eram amarelas com extremidades vermelhas. Parecia uma onda de cor piscando pela floresta. "Borboletas", Naipi pensou, "são tão leves, tão adoráveis, tão contentes. Elas sempre me fazem sorrir. Elas sempre me fazem olhar para o alto e esquecer a minha tristeza. Elas visitam a beleza das flores e banqueteiam-se em seu doce suco, com um movimento de sucção como um bebê recém-nascido".

Ao longo dos anos, Naipi percebera que, embora diferentes, as borboletas tinham muitas características comuns a outras criaturas. Elas possuíam três pares de pernas conjugadas, como as formigas. Tinham dois pares de asas, como as moscas. Tinham um corpo seccionado em três, como as abelhas. "Todas elas devem ser irmãs", ela pensava.

"NAIPI WAS RIGHT, as usual," Taroba confessed to himself. The screams of the howler and capuchin monkeys had led them to a dense area of the forest abundant with an assortment of plants and trees – including giant camphor! Naipi gathered the camphor bark as Taroba climbed up in the trees to gather the philodendron fruit. This fruit looked much like the banana and had qualities to make one strong after burning with a great fire.

Naipi watched Taroba as he climbed. His legs were strong and well formed. He was swift and agile, willing to take risks when necessary to accomplish his goals. He was compassionate and giving. Intense and eager, yet gentle, he was a real Caingangue brave. "I shall treasure him always," Naipi thought, as her attention was carried away by a group of butterflies overhead.

Their wings were bright yellow with red tips. It was like a wave of color flashing through the forest. "Butterflies," she thought, "they are so light, so lovely, so self-satisfied. They always make me smile. They always cause me to look up and away from my sadness. They visit the beauty of the flower and feast on its sweet juice, with a sucking motion like a newborn baby."

Over the years Naipi had noticed that although different, butterflies had many common features with other creatures. They had three pairs of jointed legs, just like the ants. They had two pairs of wings, just like the flies. They had a body that had three different parts, just like the bees. "They must all be brothers," she thought.

"CRAAAAWWWW!", Naipi foi interrompida por um par de tucanos. O movimento e a beleza das aves emplumadas em vermelho, verde, amarelo, preto e laranja agraciava a floresta com animação. Um dos tucanos tinha uma grande baga em seu bico amarelo e preto. Enquanto Naipi observava, ele inclinou a cabeça, virando de lado seu longo bico colorido, e deu a baga ao seu companheiro. "Os bicos deles são tão longos e fortes, engraçados e desajeitados", Naipi pensou. Ela sempre se pasmava com a envergadura dos tucanos quando um voava, embora ela soubesse que sua largura tinha de contrabalancear o longo bico. Naipi perguntou-se qual buraco nas árvores acima era a casa deles.

Enquanto isso, Tarobá ainda estava recolhendo as frutas nas copas das árvores. Sua presença era perturbadora a um grupo de papagaios famintos. Eles queriam algumas das frutas do imbé! Brincando, Tarobá começou a imitá-los, e eles retornaram a gaiatice, imitando-o. "Quem é o pássaro, e quem é o guerreiro?". Naipi riu e gritou "Tarobá!". Isso foi imediatamente respondido com *"Tarobá", "Tarobá", "Tarobá", "Tarobá"* pelos papagaios imitadores.

Sem que eles percebessem, a floresta ecoava as palavras e risadas de Naipi. Se um papagaio dizia algo, todos os outros o repetiam. Naipi rolava de rir no chão desta comédia.

"CRAAAAWWWW!" she was interrupted by a pair of toucans above. The movement and beauty of the red, green, yellow, black, and orange plumed birds graced the forest with animation. One had a large berry in his vivid yellow and black beak. As Naipi watched, he tilted his head, turning his long colorful beak sideways, and gave the berry to his mate. "Their beaks are so long and strong," she thought, "funny and awkward." She was always amazed at the size of the toucans' wingspan when one flew off, yet she knew its width had to counterbalance its long bill. Naipi wondered which hole in the trees above was their home.

Meanwhile, Taroba was still gathering the fruit in the treetops. His presence was disturbing to a group of hungry parrots. They wanted some of the philodendron fruit! Jokingly, he began mimicking them, and they returned the gaiety by mimicking him. "Who is the bird and who is the brave?" Naipi laughed, and yelled, "Taroba!" This was immediately returned with calls of "*Taroba*" – "*Taroba*" – "*Taroba*" – "*Taroba*" by the mimicking parrots.

Before they knew it, the forest was echoing with her words and laughter. If one parrot said it, they all said it. Naipi was rolling with laughter on the ground at this comedy.

A brincadeira desencadeada pelos coloridos pássaros de bicos recurvados revelou o amor que Tarobá e Naipi agora sentiam um pelo outro.

– Naipi, eu apanhei o seu precioso fruto – Tarobá brincou.

– *Naipi, eu apanhei o seu perigoso bruto* – zombaram os papagaios.

– Vou jogá-lo para você – Tarobá gritou.

– *Vou julgá-lo para você* – os papagaios retrucaram.

– Aqui estão – disse Tarobá.

– *A questão* – ecoaram os papagaios.

Segurando o vestido como um paraquedas, Naipi delicadamente aparou todas as frutas.

Dentro de minutos, Tarobá desceu rapidamente da árvore e recolheu seus pertences. Ele estava pronto para voltar ao rio e banhar-se.

Não demorou muito para alcançarem o rio, e Tarobá estava ansioso para mergulhar. Eles deitaram as ervas que carregavam e tiraram os mocassins. Naipi foi até à margem lavar algumas frutas. Entrando na água, ela viu um movimento emaranhado, verde e preto.

– Tarobá! – ela gritou. – Pare! Não pule! Há uma sucuri gigante aqui! Certamente há outras por perto. Vamos mais abaixo!

The playfulness triggered by the colorful, hook-billed birds revealed the love Taroba and Naipi now had for each other. "Naipi, I have your treasured fruit," Taroba teased.

"*Naipi, I have your tethered foot,*" the parrots mocked.

"I'm going to throw it down to you," Taroba yelled.

"*I'm going to show it bound to you,*" the parrots squawked.

"Here it is," said Taroba.

"*Dear it lives,*" echoed the parrots.

Holding her dress out like a parachute, Naipi caught each of the fruits delicately.

Within minutes, Taroba had scurried down the tree and gathered their things. He was ready to get back to the river and wash off.

It didn't take long to reach the riverbank, and Taroba was anxious to jump in. They put their herbs down and took off their moccasins. Naipi went to the river's edge to wash some fruit. As she dipped into the water, she saw a tangled green and black movement. "Taroba," she screamed, "Stop! Don't jump in! There is a giant anaconda here! Surely there are others nearby. Let's go down river more!"

Rapidamente, Tarobá moveu-se para o lado de Naipi a fim de ver a agitação da cobra na água. Ela tinha pelo menos seis metros de comprimento e estava inquieta. Tarobá sabia que isso significava perigo. Ele nunca se sentia à vontade ao redor de cobras, nem grandes nem pequenas.

– Naipi, vamos voltar ao nosso acampamento e começar a preparar o remédio. Eu nadarei amanhã – Tarobá sugeriu. – Você está certa: nós temos uma longa noite à nossa frente.

Ao longo da noite, eles trabalharam preparando as medicinas. Ainda estava quente e os mosquitos eram ferozmente atraídos pela luz do fogo. "Será que conseguiremos terminar?", Naipi se indagava. As ervas estavam notavelmente boas desta vez, e as medicinas apresentavam cor rica e boa textura. Pela manhã, eles poderiam ministrá-las aos doentes da aldeia.

Quickly Taroba came to her side to see the stirring of the snake in the water. It was at least twenty feet long and restless. Taroba knew that meant danger. He was never comfortable around snakes, big ones or little ones. "Naipi, let's just get back to our fire and start making the medicine. I'll swim tomorrow," Taroba suggested. "You're right; we have a full night ahead of us."

Throughout the night, they worked to prepare the medicines. It was still hot and the mosquitoes were savagely drawn to the light of the fire. "Will we ever finish?" Naipi thought. The herbs were especially good this time and the medicines had a rich color and full texture. In the morning they could deliver them to the village for the sick ones.

CAPÍTULO 6

A NAIPI NÃO

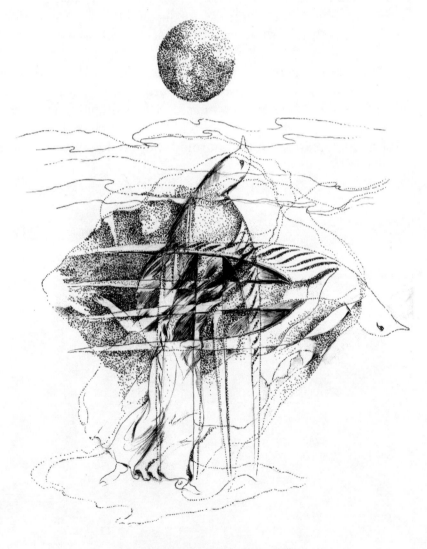

Naipi com febre no rio

CHAPTER 6

NOT NAIPI

Naipi with fever in the river

ERA MADRUGADA E as árvores acima estavam repletas de pássaros felizes. Cada um gorjeando sua própria canção matinal e conversando entre si. "O que eles estão dizendo? Por que eles são tão espontaneamente felizes?", Tarobá refletia, escutando a floresta. Ele estava cativado pela melodia dos sons e a beleza de Naipi adormecida. Ele pensou, "ela deve estar deveras cansada; normalmente ela é a primeira a levantar-se, até mesmo antes dos pássaros". Ele notou que ela estava agasalhada tão apertada no cobertor, enquanto ele suava sentado ao sol da manhã. "Isso não é normal", Tarobá concluiu. Ele decidiu preparar-se para a viagem de volta à aldeia, uma vez que Naipi ainda dormia. Então, ele iria ao rio nadar um pouco. Seria frio e refrescante. Era exatamente o que ele precisava para inspirá-lo para o dia.

Quando Tarobá retornou, ele ouviu Naipi agitada e chorando. Sua fala era errática e sem sentido.

Ela clamava pela sua mãe. Tarobá tocou a testa dela. Ela estava queimando com o grande fogo.

– *Não, não! A Naipi não!* Volte! Não me deixe, Naipi! – ele gritou.

Prontamente, Tarobá tirou o remédio de cusparia do bornal e a fez tomar um pouco.

– Naipi – ele suplicou –, eu preciso que Você se sentirá. Coloque as mãos ao redor do meu pescoço e segure-se. Isso vai refrescá-la e fazê-la sentir-se melhor. Abrace o meu pescoço e segure-se.

IT WAS DAWN, and the trees overhead were full of happy birds. Each different one sang its morning song and talked back and forth with the others. "What are they saying? Why are they always so spontaneously happy?" Taroba thought as he listened to the forest. He was captivated by the melody of the sounds and the beauty of Naipi sleeping. He thought, "She must really be tired; normally she is the first one up, even before the birds." He noticed she was bundled up tight in her blanket while he sat sweating in the morning sun. "That's unusual," Taroba thought. He decided to prepare for their trip back to the village, since Naipi was still sleeping. Then he'd go to the river for a swim. It would be cold and refreshing. It would be exactly what he needed to inspire him for the day.

When Taroba returned, he heard Naipi stirring and crying out. Her speech was erratic and senseless.

She was calling for her mother. Taroba felt her head. She was burning from the great fire within. "*No, no! Not Naipi!* Come back! Don't leave me, Naipi," he screamed. Quickly, Taroba got the cusparia medicine from the pouch and made her take some. "Naipi," he pleaded, "you must cooperate with me. I'm going to carry you to the river. It will cool you and make you better. Put your hand around my neck and hold on."

Ele levantou o corpo desfalecido e levou-o ao rio; entrando na água com Naipi em seus braços, ele foi fundo o bastante para submergi-la, salvo o rosto. A água fria a fez suspirar, tremer e gritar por sua mãe. "Preciso levá-la ao grande fogo na aldeia e trazer os medicamentos", Tarobá decidiu.

De volta ao acampamento, Tarobá envolveu Naipi em dois cobertores. Ela estava começando a tremer e contorcer-se. Sua cabeça tremia e os olhos começaram a rolar. Tarobá correu aos suprimentos e agarrou o remédio de beladona. "Quanto é o suficiente, quanto é de mais?", ele ponderou. Ele deu a Naipi um sorvo e orou a M'BOI que o guiasse e lhe perdoasse. Então, com paus retirados da lenha para a fogueira, ele fez um arrimo para carregar os suprimentos e Naipi de volta à aldeia.

O coração de Tarobá batia tão rápido que ele não conseguia parar de correr. Nada podia atrasá-lo ou detê-lo. Ele arrastou Naipi na cama improvisada por horas. "Naipi precisa do emplastro cobrindo seu corpo, do couro do jacaré e um pouco do caldo de piranha", Tarobá repetia para si.

Ele lembrou-se das palavras de Naipi: "você deve preparar o remédio como se ele fosse para a pessoa a quem você mais ama". Quão significativas eram essas palavras agora!

Aproximando-se da aldeia, Tarobá começou a gritar por ajuda. Três guerreiros o encontraram e ajudaram-no a carregar Naipi até o grande fogo. Eles a removeram da maca e a colocaram perto do fogo. Ela não se havia movido nem falado desde que Tarobá lhe dera o remédio de beladona. "Será que eu lhe dei em excesso da beladona? Será que eu a envenenei?", ele se preocupava.

He picked up her droopy body and carried her to the river; walking in with her in his arms, he went deep enough for it to cover all but her face. The cold water made her gasp and shiver as she screamed out for her mother. "I must get her to the big fire in the village and bring the medicines," Taroba thought.

Back at the campsite, Taroba bundled Naipi up in both blankets. She was beginning to jerk and twist about. Her head was shaking and her eyes began to roll back into her head. Taroba ran to the supplies and grabbed the medicine of the deadly nightshade. "How much would be enough and how much would be too much?" he pondered. He gave her a mouthful and prayed to M'BOI to guide and forgive him. Then, with logs from the extra firewood, he made a sled to carry the supplies and Naipi back to the village.

Taroba's heart was pounding so fast that he couldn't stop running. Nothing could slow him down or stop him. He pulled Naipi along on the makeshift sled for hours. "Naipi needs the paste covering her body and the alligator skins and some *caldo de piranha*," he repeated to himself.

He thought of her saying, "You must prepare the medicines as if it were for your beloved." How significant those words were now!

As he neared the village, he began shouting for help. Three braves came out and helped him carry Naipi to the big fire. They moved her off the sled to a place close to the fire. She hadn't moved or said anything since he'd given her the medicine from the belladonna. "Did I give her too much deadly nightshade? Have I poisoned her?" he worried.

As mulheres removeram os cobertores e mergulharam Naipi novamente na água fria do Guaçu.

– Não, não! Pare! Pare, mãe! Eu estou congelando – Naipi irracionalmente gritava e dançava com espasmos incontroláveis.

As mulheres estavam com medo dela, e Tarobá teve de agarrá-la e segurá-la enquanto elas a cobriam com o emplastro. Então, elas a embrulharam apertadamente e lhe deram um pouco do caldo. Naipi estava inconsciente, e quase toda a sopa escorreu pelo lado da sua boca.

Elas lhe deram mais um sorvo do suco de beladona. Depois disso, Naipi murmurou incoerentemente e caiu em um estado de semiconsciência.

Tarobá manteve vigília ao lado de Naipi, ajudando alimentá-la e limpando, com um pano frio e úmido, o rosto e braços quentes e suados. "A Naipi não", ele implorava enquanto ela se achava inerte. Os murmúrios cessaram. A contorção violenta cessara. Nada restava além da febre. Ela pareceu morta, inerte e sem fala por três dias. Tarobá repetia o processo religiosamente, provendo água fria e o emplastro, envolvendo-a nos cobertores, dando o caldo de piranha, o chá da casca de cusparia e a beladona.

– Naipi não está mais aqui! – ele gritou.

The women pulled off the blankets and soaked her again in the cold water from the Guassu. "No, no, stop! Mother, stop, I'm freezing," Naipi irrationally screamed and danced around with uncontrollable fits. The women were afraid of her, and Taroba had to grab her and hold her down while they covered her in the paste. Then they tightly wrapped her up and poured some *caldo* down her throat. Naipi was senseless and most of the soup dripped from the side of her mouth.

They gave her another mouthful of the juice from the deadly nightshade. After that, Naipi mumbled incoherently and lapsed in and out of consciousness.

Taroba kept a vigil by her side, helping to feed her and wiping her hot, sweaty face and arms with a cool, wet cloth. "Not Naipi," he begged as she lay lifeless. The mumbling had stopped. The violent jerking had stopped. Now there was nothing but the fever. At one point she appeared dead, motionless and speechless for three days. Taroba repeated the procedures religiously, providing cold water, paste, wrapping her up, giving her *caldo de piranha*, and the teas of the cusparia bark and the deadly nightshade. "Naipi is not here," he cried.

CAPÍTULO 7

A ESCURIDÃO PREVALECE

Naipi transforms

CHAPTER 7

DARKNESS PREVAILS

Naipi transforms

NAIPI ESTAVA EXTREMA-mente doente, tremendo com o grande fogo e pingando de suor havia dez luas. Tarobá cuidou dela com os remédios, usando as técnicas que ela lhe ensinara. Era madrugada e o sol fazia desenhos em vermelho e laranja no céu. A noite fora quieta, e Tarobá finalmente descansou. Agora, ele observava Naipi e ponderava, "Naipi está diferente esta manhã. Ela está mais tranquila. Sua beleza está radiante. Eu lhe dei tudo que podia dar: minha completa assistência, meus pensamentos e orações, meu apoio e proteção. Naipi, você tem meu coração. O que mais eu poderia lhe dar? Eu me lembro de quando você disse que aquilo que se dá sempre retorna. Eu só posso esperar que isso seja verdade, que meu amor por você seja reconhecido como forte o suficiente; que, de alguma forma, você, minha querida Naipi, voltará para mim". Tarobá fechou os olhos e chorou.

As lágrimas corriam em seu rosto quando Tarobá sentiu um toque suave em sua bochecha. Surpreso, ele abriu os olhos e encontrou Naipi olhando para ele, sorrindo.

– Naipi, eu tenho estado tão infeliz. Eu senti tanto sua falta. Como você se sente? Você está bem? – ele desabafou.

– Estou fraca. Estou faminta. Eu quero um pouco de água para beber e lavar meu rosto. E, Tarobá, eu . . .

– Eu vou pegar tudo para você. Volto num instante – ele a interrompeu e correu para buscar o que ela havia pedido.

– A Naipi está bem! – ele berrou eufórico!

NAIPI HAD BEEN extremely sick, trembling with the great fire and dripping with water for ten moons. Taroba nursed her with the medicines, using the techniques she had taught him. It was dawn and the sun made a red and orange pattern in the sky. The night had been quiet and Taroba had finally rested. Now, he sat watching Naipi, pondering, "Naipi is different this morning. She is more peaceful. She glows of radiant beauty. I have given everything I can to her, my endless assistance, my thoughts and prayers, and my support and protection. Naipi, you have my heart. What else can I give you? I remember when you told me that what one gives is always returned. I can only hope that this is true, and that my love for you is recognized as strong enough, that somehow you, my dear Naipi, will return to me." Taroba closed his eyes and cried.

As the tears streamed down his face, Taroba felt a soft stroke on his cheek. Startled, he opened his eyes to see Naipi looking up at him smiling. "Naipi, I have been so unhappy. I have missed you so much. How do you feel? Are you all right?" he cried.

"I am weak. I am hungry. I want some water to drink and to wash my face. And Taroba, I am . . ." she began.

He interrupted. "I'll go get everything for you. I'll be right back." He ran off to fetch everything she requested. "Naipi's well!" he yelled, exhilarated.

– Tarobá! – ela chamou, mas ele correu rápido demais.

Ele não esperou que ela lhe contasse a verdade. "Eu temo que meu segredo seja uma tragédia para nós dois, antes que alcancemos escondê-lo e escapar", Naipi lamentou-se secretamente.

Dentro de minutos, Tarobá estava de volta ao lado dela. Outros, ouvindo a notícia, também vieram. Apressadamente, ele passou a água para Naipi beber. Ela não tomou conhecimento da água.

– Naipi, aqui está sua água . . . – ele informou e esperou. – Você não a quer mais?

Vagarosamente, levantando a mão na direção da voz, Naipi tateou em procura da água, sem sucesso em esconder a sua situação.

– Naipi, a água está aqui. Você não consegue . . . – Tarobá hesitou, sua voz sumindo.

Os outros pasmaram. Era óbvio, Naipi estava cega.

Tarobá sabia que era demasiado tarde para esconder o fato. Eles estavam condenados. Ele sabia as consequências deste dilema: M'BOI triunfaria. Como quisera o destino, a cegueira pertencia a M'BOI. A perda da visão outorgava à Naipi a distinção de princesa sagrada a ser dedicada a M'BOI durante a cerimônia no próximo outono. Esta era a lei. Tarobá sabia que seu pai nem os anciãos se compadeceriam. Qualquer discussão do assunto não seria tolerada. "Ela pertence a M'BOI", Igobi diria severamente.

"Taroba!" she said, but he had run off too quickly. He hadn't waited for her to tell him the truth. "I fear my secret will become a tragedy for us both, before we can hide it and escape," she cried privately.

Within a few minutes, Taroba had returned to her side. Others, hearing the news, came also. Quickly, Taroba handed the water to her to drink. She did not acknowledge it.

"Naipi, here is your water," he said, and waited. "Don't you want it?"

Slowly raising her hand in the direction of his voice, Naipi groped for the water, unsuccessfully hiding her predicament. "Naipi, it's here," said Taroba. "Can't you . . .?" His voice trailed off. The others gasped. It was obvious; Naipi was blind.

Taroba immediately knew it was too late to hide the fact. They were doomed. He knew the consequences of this dilemma. M'BOI would triumph. As fate would have it, blindness belonged to M'BOI. The loss of her sight earned Naipi the honor of a sacred princess, to be dedicated to M'BOI during the next fall ceremony. That was the law. Taroba knew that neither his father nor the other elders would budge. Discussion of the matter would not be tolerated. "She belongs to M'BOI," Igobi would say sternly.

Naipi seria sacrificada a M'BOI. "Não a Naipi", pensou Tarobá. "Não, isto não pode ser. O que dizer das escolhas dela? Ela já não sofreu o bastante? Não se leva em conta o que ela faz pelo nosso povo?

E o nosso futuro? Ela é minha. M'BOI não pode tê-la. Ela é o meu sonho, o meu único desejo. Eu não me vou submeter ao M'BOI. Eu não vou permitir que ele a leve".

Em poucas semanas, Naipi recuperou a força. Tarobá percebeu que a jornada a tornara mais sábia. Naipi tinha obviamente sido transformada pela cegueira. Esta se manifestara nela como uma energia celestial; Naipi verdadeiramente era uma princesa sagrada. Tudo era tão estranho. Em sua escuridão, Naipi era uma fonte de luz para Tarobá. Os sentidos de Naipi foram magicamente expandidos além dos seus talentos anteriores, e agora ela trabalhava alegremente com renovada paz de espírito. Sua tristeza se fora.

Tarobá também queria isso. Seu coração doía com a perda. Sua tristeza se transformara em raiva. Ao redor de Naipi, Tarobá sentia-se hipnotizado. Os poderes do chá de guaraná ou os do cauim, consumidos durante as cerimônias a M'BOI, nunca o afetaram de forma tão poderosa. Naipi representava o Grande Espírito, confiável e sábia. Apenas a sua presença era necessária para incutir essa convicção. Os membros da tribo viam isso também, mas seus medos os impediam de aceitar.

So Naipi was to be sacrificed to M'BOI. "Not Naipi," thought Taroba. "No, this cannot be. What about her choices? Hasn't she suffered enough? What about all she has done for our people?

What about our future? She's mine. M'BOI can't have her. She is my dream, my only desire. I won't submit that to M'BOI. I won't let him take her."

Within a few weeks, Naipi regained her strength. Taroba could see that the journey had made her wiser. Naipi had undeniably been transformed by her blindness. It had manifested in her as a celestial energy; she truly was a sacred princess. It seemed so odd. In her darkness, she was his beacon of light. Her senses were magically expanded beyond their previous talents and she now joyfully worked with a newfound sense of inner peace. Her sadness was gone.

Taroba wanted this too. His heart ached with loss. His sadness had turned to anger. Being around her, he was mesmerized. Never before had the powers of the guarana tea or the cauim, consumed during ceremonies to M'BOI, affected him as powerfully. Naipi represented the Great Spirit, credible and wise. Nothing but her presence was necessary to induce this conviction. The others in the tribe saw this too, but their fears kept them from acknowledging it.

CAPÍTULO 8

NAIPI, TEMOS DE IR AGORA

A bênção de Iemanjá

CHAPTER 8

NIAPI, WE MUST GO NOW

Iemanja's blessing

E MBORA NAIPI TIVESSE sido acometida por este novo mal, e a tribo a houvesse sentenciado a ser sacrificada a M'BOI, Tarobá não desistiria. Ele tinha um plano. Ele estivera a maquiná-lo do momento em que ele percebeu o dilema de Naipi. Coletando frutas, castanhas, cobertores e ervas, ele armazenou suprimentos necessários à sobrevivência na floresta. Eles viveriam sozinhos ali. Basicamente, foi isso que fizeram antes de Naipi adoecer, e ele sabia que eles poderiam fazê-lo novamente. Só que desta vez, eles teriam de viajar mais do que apenas duas horas de distância da aldeia. Eles teriam de seguir o Guaçu até o mar. Seria território desconhecido para os dois, mas Tarobá sentia-se confiante de que sucederiam.

Todo dia ele deixava a aldeia por algumas horas, sem contar a ninguém o seu paradeiro nem as suas ações. Ele estava construindo duas jangadas: uma para ele e Naipi e uma para os suprimentos.

Não demoraria muito para que eles pudessem escapar das garras da tribo e da calamidade de M'BOI. "Engraçado", ele lembrou. "Eu aprendi a construir jangadas com Igobi, em um inverno. Ele me ensinou muitos segredos sobre a estabilidade dos barcos e a importância da seleção da madeira. Essa informação é realmente útil para mim agora. Se Igobi soubesse meus planos, ele ficaria horrorizado. Como podia eu ir contra a vontade da tribo e de M'BOI? Bem, eu acredito que a ação contra Naipi seja irrazoável. Eu não vou deixar ninguém ter a minha Naipi. Eu a guiarei. Sua vida e talentos pertencem aqui comigo. Eu não quero viver sem a Naipi."

ALTHOUGH NAIPI HAD been stricken with her new malady and the tribe had sentenced her to be sacrificed to M'BOI, Taroba wasn't giving up. He had a plan. He had been working on it from the moment he realized her dilemma. Gathering fruits and nuts, blankets and herbs, he squirreled away the supplies necessary for survival in the forest. They would live alone in the forest. They had basically been doing that before Naipi became ill, and he knew they could do it again. Only this time, they would have to travel further than just two hours away. They would have to follow the Guassu all the way to the sea. It would be unfamiliar territory for them both, but Taroba felt confident they could succeed.

Every day he left the village for hours at a time, telling no one of his whereabouts or his actions. He was building two *jangadas*, one for them and one for supplies.

It wouldn't be long before they could flee the clutches of the tribe and the calamity with M'BOI. "Funny," he thought, "I learned to build *jangadas* one winter with Igobi. He taught me many secrets about the stability of the vessels and the importance of the selection of the wood. "This information is indeed useful to me now. If Igobi knew my plans, he would be horrified. How could I go against the wishes of the tribe and M'BOI? Well, I believe the action against Naipi is unreasonable. I won't let anyone have my Naipi. I will guide her. Her life and talents belong here with me. I do not wish to live without Naipi."

Toda tarde, Tarobá voltava para Naipi e a levava à floresta e ao rio. Isso lhe era mais curativo do que qualquer outra coisa. Ela estava se adaptando à cegueira. Ela podia cheirar as diferentes plantas e dizer onde elas se encontravam e para que elas eram usadas. Tarobá registrava na memória tudo o que ela dizia. Ele precisaria saber como dominar os segredos da floresta. Ele era o sustento dos dois.

Naipi tinha "visão" extraordinária sem os olhos. Ela podia ouvir um ruído em uma folha ao seu lado e saber que era um inseto. Ao toque, ela diferenciava uma borboleta de uma mariposa pela maneira como o inseto mantinha as asas em posição de repouso.

– Borboletas sempre mantêm as asas em posição vertical e fechadas, quando em repouso; já as mariposas sempre mantêm as asas em posição horizontal e abertas. Você já viu isso também, mas não se precisa desta informação para distinguir uma borboleta de uma mariposa quando se pode ver. Mas no momento em que você precisa olhar para dentro de si, você se lembra desses detalhes. Na verdade, – ela afirmou – é bem simples.

Um dia Tarobá levou Naipi ao rio. Ele preparou um lugar confortável para eles descansarem.

– Naipi – ele disse –, eu construí um barco e, em breve, quero levá-la nele. Será a nossa primeira viagem no rio desde que você adoeceu. As luas estão passando rapidamente e logo chegará a hora da cerimônia do outono. Eu quero passar algum tempo na floresta com você. Tem de ser agora. Você está pronta?

Naipi segurou a mão de Tarobá, beijou-a e confessou:

– Não há nada que eu queira mais.

Each afternoon he returned to Naipi and guided her into the forest and to the river. This seemed more healing to her than anything. She was learning how to adapt to her blindness. She could smell the different plants and tell him where they were and how they were used. Taroba recorded everything she said in his memory. He would have to know how to master secrets of the forest. He was their support.

Naipi had remarkable "sight" without eyes. She could hear a noise on a leaf beside her and know it was an insect. Upon feeling it she knew if it was a butterfly or moth by the way it held its wings in its resting position. "Butterflies always hold their wings in a vertical, closed position when resting and moths always hold their wings in a horizontal, open position, when resting. You've seen this too, it's just you don't need that information to tell you if it is a butterfly or moth when you can see. But the moment you have to see within, you remember these details. As a matter off fact," she stated, "it's rather simple."

One day, Taroba brought Naipi to the river. He made a comfortable place for them to rest. "Naipi," he said. "I have carved a boat and soon I want to take you out in it. It will be our first trip down the river since you were sick. The moons are passing fast and it will soon be time for the fall ceremony. I want us to have some time in the forest together. We must do it now. Are you ready?"

Naipi took Taroba's hand, kissed it and said, "I would like nothing more."

Era tarde quando eles retornaram do passeio de barco. Tarobá desejou uma boa noite de repouso à Naipi e disse que eles passeariam mais pela manhã.

Quando Tarobá acordou ainda estava escuro e fresco. Ele fez os últimos preparativos tão rápido e silenciosamente quanto possível. A noite estava calma e quieta quando Naipi sentiu a mão de Tarobá tocar a sua. Ajudando-a a levantar-se, o dedo dele foi aos lábios dela, indicando que ela ficasse em silêncio. Naipi se assustou com a tensão no corpo dele. Nunca havia ela experimentado ansiedade tão grande em Tarobá e logo sabia que algo estava errado. Confiando nele completamente, ela seguiu obediente e precisamente. Eles caminharam pela floresta paralelamente ao rio por algum tempo. "Por que Tarobá não trouxe a jangada mais perto do acampamento? Por que ele está tão tenso e insistente no silêncio de nossas línguas e de nossos passos?", ela se perguntava. Assim que Naipi começou a relaxar e confiar na aventura, ela passou a ouvir os sons da floresta e a identificar os animais se agitando acima.

"Naipi, espere aqui", ela ouviu, a surpresa a trazendo-a de volta de seus pensamentos profundos. Os dois alcançaram a margem do rio a jusante da aldeia. Tarobá estava organizando seus pertences e se preparando para partir.

– Tarobá, eu ouço dois barcos. Qual é o propósito do segundo? – Naipi perguntou.

– Nós vamos deixar a aldeia, Naipi. Nós iremos até a foz do Rio Paraná. Nós estaremos sempre juntos – Tarobá disse baixinho no ouvido de Naipi, segurando os ombros dela com firmeza.

It was late when they returned from their boat ride. Taroba told Naipi to get a good night's rest and they would do more in the morning.

When Taroba awoke, it was dark and cool. He readied the last-minute items as quickly and quietly as possible. The night was still and quiet when Naipi felt Taroba's hand touching hers. His finger was on her lips with a shushing motion as he guided her up. She was startled by the tenseness she felt in his body. She had never experienced this amount of anxiety in Taroba and she knew something was unusual. Trusting him completely, she followed obediently and precisely. They walked through the forest paralleling the river for quite some time. "Why hasn't Taroba brought the *jangada* up close to the camp? Why is he so tense and insistent on the silence of our tongues and in our steps?" she pondered. As Naipi began to relax and trust the adventure, she listened to the sounds of the forest and identified the animals stirring above.

"Naipi, wait here," she heard as she startled herself back from deep thought. They had arrived at the river's edge, downstream from the village. Taroba was arranging things and preparing to leave.

"Taroba, I hear two boats; what is the purpose of the second boat?" Naipi said.

"We are going to leave the village, Naipi. I shall guide us to the mouth of the Parana River. We shall be together always," Taroba said quietly in her ear as he held her shoulders tightly.

– Será possível? Ó Tarobá . . . eu nem posso acreditar que seja possível! – ela exclamou.

– Shhh, eu tenho tudo planejado. Nós temos barcos, suprimentos, remédios e alimentos. E . . . – ele pausou – nós temos um ao outro. Deixe-me ajudá-la a entrar no barco, e vamos juntos embarcar em nossa nova vida. Será algo novo para nós dois. Pode ser perigoso. Mas eu sei que somos fortes e inteligentes. Nós conseguiremos. Mas temos de nos apressar. Você está pronta?

– Eu estou com você – Naipi prometeu.

Com um empurrão e um pouco de manobra, Tarobá colocou os barcos em curso a um novo futuro.

"Is it possible? Oh, Taroba . . . I can't believe it is possible," she cried.

"*Shush*, I have it all planned. We have boats, and supplies, and medicines, and food. And . . ." he paused. "We have each other. Now, let me help you into the boat and let's embark on our new life together. It will be new territory for us. It could be dangerous. But I know we are strong and clever. We can do this. We must hurry. Are you ready?"

"I am with you," Naipi vowed. With a push and a little maneuvering, Taroba set their boats on course for their future.

CAPÍTULO 9

M'BOI, ME LEVE

União espiritual

CHAPTER 9

M'BOI, TAKE ME

Spiritual union

NAIPI E TAROBA navegaram rio abaixo por quatro dias. Viajando a jusante, eles acamparam junto ao Rio Guaçu. Tarobá estava certo de que Igobi enviaria guerreiros para procurar por eles, então era necessário viajar rapidamente, sem deixar rastros. Cinco dias de crescimento na floresta seriam suficientes para esconder quaisquer vestígios do acampamento e da coleta de alimentos, mas, antes de partirem hoje, Naipi insistiu que Tarobá a levasse a um passeio mais longe na floresta.

– Tarobá, meu guia, eu preciso ouvir os sons da natureza na floresta antes de entrar no barco. A água do rio está mascarando todos os outros sons. Eu preciso ouvir os búgios. Talvez um venha sentar-se junto a nós. Você pode me dizer se ele tem polegares. Eu acho engraçado como as mãos deles são como as nossas, com exceção dos polegares. Talvez caudas sejam mais úteis do que polegares. Eu quero ouvir os tucanos e cheirar a beleza das orquídeas.

Tarobá tinha um corpo de ferro, elegante e musculoso, como uma onça. Ele podia facilmente conduzi-los pela floresta e proteger Naipi das armadilhas encontradas ali. Era cedo. O sol estava a espreitar no horizonte. Tarobá tomou Naipi pela mão e a conduziu floresta adentro sem pressa, caminhando pelo labirinto conhecido como o Vale das Borboletas.

NAIPI AND TAROBA had been heading downriver for four days. Traveling downstream, they had camped by the Guassu River. Taroba was certain Igobi would send braves to find them, so they had to move quickly, and without tracks. Five days' growth in the rainforest would be sufficient to cover any real clues of their camping and food gathering, but before they could set out on their journey today, Naipi insisted Taroba take her for a walk deeper into the forest.

"Taroba, my guide, I must hear the sounds of nature within the forest before we go in the boat. The river water is rushing and masking all the other sounds. I must hear the howling monkeys. Maybe one will come and sit by us. You tell me if it has thumbs. I think it's funny the way their hands are like ours except they have no thumbs. Maybe their tails are better than a thumb anyway. I want to hear the toucans and smell the beauty of the orchids."

Taroba had a body of iron, sleek and muscular like a jaguar. He could easily maneuver them through the forest and protect Naipi from its traps. It was early. The sun was just peeking over the horizon. Taroba took Naipi's hand and led her into the forest, slowly moving through the maze known as the Valley of Butterflies.

Tarobá manteve um caminho justo à extensão do rio, permitindo que Naipi ouvisse a beleza da natureza e ainda o mantendo informado da sua posição. Doía-lhe tanto que Naipi estava cega. Sua vida tinha sido tão cheia de dor, ainda assim ela permanecia um símbolo do amor. Seus resolutos esforços para salvar a tribo, sua luta contra o grande fogo, sua solidão e isolamento da sua família eram demais para alguém suportar. Tarobá, mais uma vez, prometeu amá-la, sustentá-la e protegê-la de danos adicionais. Ela era sua deusa no escuro. A cegueira, no entanto, não significava silêncio. Repetidamente Naipi dizia, "Converse comigo, Tarobá. Diga-me o quê você vê".

Tarobá segurou a mão dela carinhosamente, mas com firmeza. Enquanto caminhavam, Tarobá explicava o caminho, as vistas e o que esperar em seguida. Ela reconhecia os sons dos animais. Na verdade, ela geralmente dizia a Tarobá onde procurar pelos pássaros e macacos. No entanto, ela perdia as borboletas. Elas flutuavam livremente pelo ar, silenciosamente, com suas cores vivas escapando completamente o mundo dos cegos.

– Naipi, nós estamos cercados de borboletas azul brilhante, com amarelo e preto nas pontas das suas asas. Elas estão brincalhonas hoje, e suas cores piscam quando elas voam.

– Sim, eu sempre chamei essa de a minha borboleta da sorte. Algo curioso acontecerá hoje – Naipi predisse. – Ocasionalmente, eu sinto o bater de suas asas em meus braços.

– Nós estamos subindo um morro agora. Assim que chegarmos ao topo, eu lhe contarei tudo que eu vir – Tarobá proferiu pensativo.

Cuidadosamente eles percorreram o caminho até o topo. Ao chegarem, Tarobá suspirou, segurando firme Naipi. Ele estava estupefato, contemplando fascinado o esplendor da vista. Seu corpo formigava em espanto e admiração.

He kept their path to the river's edge, to allow Naipi to hear the beauty of nature while keeping him aware of their position. It hurt him so much that she was blind. Her life had been so full of pain, yet she remained a symbol of love. Her steadfast efforts to save the tribe, her fight with the fire within, her loneliness and isolation from her family were so much for one person to bear. Taroba vowed again to love her, provide for her, and protect her from further harm. She was his goddess in the dark. Blindness, however, did not mean silence. Repeatedly Naipi spoke up, saying, "Talk to me, Taroba. Tell me what you see."

Taroba held her hand tenderly, yet securely. As they walked, he always explained the path, the sights, and what to expect next. She knew the sounds of the animals. In fact, she generally told him where to look for the birds or monkeys. She missed the butterflies. They floated freely through the air, soundlessly, with their vivid colors completely escaping the world of the blind. "Naipi," said Taroba, "we are surrounded by butterflies that are bright blue with yellow and black tips on their wings. They are playful today and their colors are flashing as they fly."

"Yes, I have always called that one my lucky butterfly. Something curious will happen today," Naipi predicted. "Occasionally, I feel the fluttering of their wings on my arms."

"We are going up a hill now. As soon as we get to the top, I will tell you about everything I see," Taroba said thoughtfully. Carefully they made their way to the top. Upon arriving, Taroba gasped, holding tight to Naipi. He was speechless, staring spellbound at the splendor of the vista beyond. His body tingled with amazement and awe.

Sacudindo a mão de Tarobá, Naipi repetia ansiosamente:

– Tarobá, Tarobá, diga-me! O que foi? O que o deixou sem palavras e aturdido?

Tarobá suspirou, um suspiro de reverência extraordinária e disse:

– Naipi, meu amor, minha bela, eu vejo o que sempre chamamos de Água Grande, o I-GUAÇU! Eu já ouvi sobre ele, mas sempre achei que fosse estórias contadas ao redor da fogueira. Eu nunca conheci alguém que o tivesse visto. Ele cerca o Vale do Guaçu, mais largas do que muitos rios colocados juntos. Ele é poderoso e sem fim. As altas árvores se encolhem em comparação. A água é azul-celeste e brilha. Peixes com as cores do arco-íris estão saltando. Os pássaros voam em grandes bandos. Há famílias de antas e capivaras, descansado ao sol nas praias arenosas. Eu nunca vi tanta beleza. Oh Naipi, se apenas . . . – a voz de Tarobá desapareceu.

Desafiadoramente, Naipi desenvencilhou-se de Tarobá e deu alguns passos para trás. A dor aumentava dentro dela. Ela mantinha os punhados cerrados, sacudindo-os acima da cabeça. Seu corpo todo tremia de frustração.

M'BOI, meu deus, Nosso Pai! Eu posso sentir o cheiro da floresta e a fragrância das flores.

– Eu posso sentir o toque das plantas e pedras. Eu posso ouvir a água no rio a correr. Eu percebo a *alegria* na voz de Tarobá. Eu reconheço tudo isso. Mas eu não posso ver com meus próprios olhos. *Por quê?* Mais do que *tudo, eu quero minha visão de volta!* Dê-me a de volta! – ela gritou.

Shaking his hand, Naipi anxiously kept repeating, "Taroba, Taroba, tell me. What is it? What has left you speechless and dazed?"

Taroba sighed, a sigh of extraordinary reverence, and said, "Naipi, my love, my beauty, I see what we have always called the Big Water, the I-GUASSU! I have heard of it, but I thought those were stories for the nightly fire. I never knew anyone who had seen it. It is rounding the valley of the Guassu, wider than many rivers put together. It is mighty and unending. The tall trees shrivel in comparison. The water is sky blue and sparkles. The rainbow-colored fish are jumping. The birds fly above in large flocks. There are families of tapirs and web-footed capybaras resting on the sandy beaches in the sun. I have never seen such beauty. Oh, Naipi, if only . . ." he trailed off.

Defiantly, Naipi shook loose from Taroba and stamped back a few feet. Her pain swelled up from deep inside her. She held her fists tight, shaking them over her head. Her whole body quivered with frustration.

"M'BOI, my god, our Father! I can smell the forest and the fragrance of the flowers. I can feel the touch of the plants and rocks. I can hear the water flowing in the river. I detect *exhilaration* in Taroba's voice. All these, I acknowledge. But I can't see with my own eyes. *Why?* More than *anything, I want my sight back!* Give it to me!" she screamed

O coração de Tarobá estava quebrantado. "O que eu posso fazer para apoiá-la e aliviá-la da dor?", Tarobá se perguntou. Ele caminhou até ela, tomou-lhe a mão e segurou-a junto a seu rosto. Ele a beijou gentilmente e então guiou Naipi de volta morro abaixo até a água. Ele a deixou soluçando de alegria e de frustração no belo I-Guaçu. Afastando-se, Tarobá volveu-se e olhou para ela. À distância, ele não conseguia controlar sua dor. Ele continuou caminhando em direção a uma extensa curva na margem do rio, e, alcançando a ribanceira, saiu da água e subiu nas pedras. Dor o esmagava. Ele ficou imóvel em meditação.

Respirando fundo, ele gritou:

– M'BOI, Pai da terra e da água, senhor dos céus! Faça a Naipi ver de novo! Permita que ela contemple as suas grandes maravilhas! Deixe-a ver esta beleza. Ela não o ofendeu; eu o ofendi. Tome os meus olhos! Tire minha vida!

Vexando todos os sons da floresta, ele gritou e *gritou* cada vez mais alto, e mais *alto*. A floresta tornou-se respeitosamente silenciosa, como se estivesse ajudando Tarobá a contatar M'BOI.

M'BOI, ouvindo o clamor de Tarobá e vendo no rio o belo sacrifício que lhe pertencia, ficou enraivecido. Tão furioso que adentrou as entranhas da terra e, contorcendo seu corpo serpentino e empurrando as margens do leito, produziu uma enorme rachadura no rio.

O rio parou de correr. O leito secou. O céu escureceu. De repente, a terra começou a ribombar, rugir e elevar-se. Tudo estava acontecendo tão rápido; o chão estava se deslocando, enquanto rochas eram lançadas ao céu. Naipi subitamente percebeu que não podia mover-se – seu corpo cristalizara-se. *NAIPI ficou aprisionada em uma rocha de granito* que subira da terra!

Taroba's heart was breaking. "What can I do to support her and soothe her pain?" Taroba wondered. He walked over to her, took her hand, and held it to his face. He kissed it softly, and then led Naipi back down the hill and into the water. He left her sobbing with joy and frustration in the beautiful I-Guassu. Walking away, he turned and looked back at her. From a distance he couldn't control his pain. He continued walking toward the wide bend in the river's edge, and, reaching the bank, climbed out of the water onto the rocks. Pain overwhelmed him. He stood motionless in meditation.

Taking a deep breath, he cried out, "M'BOI, Father of the land and water – owner of the skies! Make Naipi see again! Let her see your great wonders! Let her see this beauty. She has not wronged you, I have. Take my eyes! Take my life!"

Humbling all the other sounds of the forest, he shouted out over and *over*, louder and *louder* each time. The forest came to an earnest silence, as if trying to help Taroba contact M'BOI.

M'BOI, hearing Taroba's cries and seeing his own sacrificial beauty in the river, became enraged. He was so enraged that he entered the bowels of the earth, and by twisting his serpent body and pushing at the edges of the riverbed, he produced a huge crack in the river.

The river stopped flowing. The riverbed dried. The sky grew dark. Suddenly, the earth beneath began to rumble, roar, and rise from the bottom of the soil. Everything was happening so fast; the ground was shifting around while rocks were being thrown into the sky. Naipi suddenly realized that she couldn't move – her body had crystallized. She became imprisoned in a granite rock that rose from beneath the earth!

Uma explosão ensurdecedora arremessou milhares de toneladas de rochas e árvores ao ar, *criando uma enorme cratera na terra!* A ilha de granito contendo o espírito de Naipi projetava-se do meio da cratera. Momentos depois, a poeira baixou.

O sol apareceu. As grandes águas do I-Guaçu voltaram a correr, precipitando-se violentamente da borda do recém-criado penhasco até o fundo do cânion e surrando a ilha de granito onde estava Naipi. A beleza e imponência das Cataratas do Iguaçu foram criadas para o mundo inteiro ver.

O local tornou-se conhecido como a Garganta do Diabo, e no fundo está Naipi envolta em granito, surrada pelas Grandes Quedas. M'BOI contemplou a sua obra e sorriu.

Após a violenta explosão, Tarobá foi o primeiro ser humano a testemunhar a maravilha das cachoeiras do Iguaçu. O sol cortava o chuvisco, criando um completo arco-íris semicircular que unia a parte mais alta à parte mais baixa do cânion. Este lugar era abençoado!

Tarobá olhou em seu redor, mas Naipi não estava em lugar algum. Naquele momento, Tarobá soltou um grito triste, ansiando por sua amada. *"Naipi!"* Abatido, Tarobá implorou "Não, M'BOI! Isto não".

M'BOI, compadecendo-se do rapaz, transformou Tarobá em uma alta palmeira na ribanceira superior das Cataratas do Iguaçu, avistando a enclausurada Naipi. Tarobá podia contemplar, mas nunca tocar sua amada. Mas através do belo arco-íris, Tarobá, de sua palmeira, alcançava o granito da Naipi, ao fundo da Garganta do Diabo.

A piercing explosion propelled thousands of tons of rock and trees into the air – *creating a huge crater in the earth!* The granite rock island containing Naipi's spirit protruded out of the middle of the crater. Moments later, the dust settled.

The sun came out. The big water of the I-Guassu began to flow again, descending violently over the edge of the newly created cliffs to the bottom of the gorge, pounding the granite rock island where Naipi stood. The beauty and magnificence of the falls of Iguassu were created for the entire world to see.

The place became what is now called the Devil's Throat, and at the bottom stands Naipi, encased in granite, pounded by the Great Falls. M'BOI surveyed his work and smiled.

After the violent explosion, Taroba was the first human to witness the wonder of the waterfalls of Iguassu. The sun shone through the splashing water droplets, creating a complete semi-circular rainbow, beginning at the top of the gorge and ending at the bottom. This site was blessed!

Taroba looked around him, but Naipi was nowhere to be found. At that moment, Taroba gave another sorrowful cry of longing for his love. "*Naipi!*" Broken-hearted, Taroba begged, "No M'BOI, not this."

M'BOI, feeling sympathy for the boy, turned Taroba into a tall palm tree at the top bank of Iguassu Falls, overlooking his trapped Naipi. Taroba could see, but never touch, his love. But through the beautiful rainbow, Taroba reached from his tree to Naipi's granite rock at the bottom of Devil's Throat.

O arco-íris cruza as cachoeiras ainda hoje. *"Naipi! Naipi! Naipi!"* é o atormentado choro ouvido mesmo hoje pelos descendentes dos guerreiros caingangues durante a lua cheia. M'BOI ainda vigia para assegurar-se de que o amor de Tarobá e Naipi permaneça sob seu controle para sempre.

The rainbow crosses the falls to this day. *"Naipi! Naipi! Naipi!"* is the tormented cry heard even today during each full moon by the descendants of the Caingangue braves. M'BOI still watches to make sure that Taroba and Naipi's love remains forever under his control.

CAPÍTULO 10

A BELEZA DE HOJE

HOJE, AS CATARATAS do Iguaçu continuam a empolgar e conquistar visitantes com seu esplendor! Elas estão localizadas nos arredores da cidade brasileira de Foz do Iguaçu, no estado do Paraná. Formando a fronteira entre Brasil e Argentina, o Rio Iguaçu está situado em 610.000 hectares de exuberante floresta tropical, abundante em vida selvagem. Os dois países designaram a área como parque nacional e paraíso ecológico. O ar é continuamente purificado pela floresta, e a pouca indústria que lá existe está em conformidade com a harmonia da natureza, criando uma área na terra com pouca poluição.

O Iguaçu tem 4.000 metros de largura e possui a forma de uma ferradura. Dependendo da época do ano e do volume de água, o sítio é composto por um diverso número de cachoeiras individuais – variando de 160 a 300. A queda mais alta e impressionante é chamada "Garganta do Diabo", onde se encontra a Pedra de Naipi.

Ela é continuamente punida pela cadência açoitadora e pelo fluxo eruptivo da água, que despenha da altura de 95 metros. Outras quedas notáveis são: San Martin, Bozetti, Floriano, Deodora, Dos Hermanos e Adão e Eva.

CHAPTER 10

TODAY'S BEAUTY

TODAY, THE FALLS of Iguassu continue to excite and overwhelm visitors with their magnificence! They are located just outside of the Brazilian city of Foz do Iguassu, in the state of Parana. Forming the borders of Brazil and Argentina, the Iguassu River is situated within 610,000 hectares of lush rainforest, abundant with wildlife. Both countries have declared the area a National Park and an ecological paradise. The air is cleaned continually by the forest and the little industry that is there conforms to the harmony of nature, creating an area on the earth with little pollution.

The Iguassu is 4000 meters (2.2 miles) wide and horseshoe-shaped. Depending on the time of year and water flow, the site is composed of a varying number of individual falls – ranging from one hundred sixty up to three hundred separate falls. The highest drop, and the most powerful, is called *Garganta do Diabo*, or Devil's Throat, where the granite Rock of Naipi sits.

It is continuously punished with the pounding cadence and erupting flow of the water, as it plummets three hundred eleven feet down the gorge. Other notable falls are the San Martin, Bozetti, Floriano, Deodora, Dos Hermanos and Adam and Eve.

Uma vez que o Brasil está no hemisfério sul, o maior volume de água nas cataratas é de novembro a fevereiro, durante o verão. O rio despeja entre 10.000 e 30.000 litros *por segundo*. Já que as cachoeiras se encontram em uma floresta tropical, o clima é úmido; as temperaturas variam entre 5°C, em junho e julho, e 43°C, em dezembro, janeiro e fevereiro. Se você planeja visitar as Cataratas do Iguaçu, use um chapéu e roupas de algodão que se possam molhar.

Brasil e Argentina desenvolveram os seus parques de maneira a proteger a natureza e ainda oferecer aos visitantes uma vista de camarote! Você quase pode tocar as quedas, e é certo que as quedas o tocarão. Não se esqueça de sapatos confortáveis, pois há cerca de 15 quilômetros de trilhas meandrando a floresta, oferecendo vistas magníficas das quedas, da floresta e da vida animal.

Há muito a ser visto, portanto não tenha pressa. Leve sua câmera. Faça alguns passeios dentro do parque, ou visite outras atrações nos arredores, quer sejam na floresta quer sejam em outras partes do Brasil ou da Argentina – coma, relaxe, caminhe, ou dance o tango. Há ótimos passeios de bote, ou aventuras de helicóptero para os destemidos. O parque, as pessoas e os serviços merecem cinco sólidas estrelas

Since Brazil is in the Southern Hemisphere, the highest volume of water in the falls is from November through February – their summer! The river pours forth between 2,650 and 7,950 gallons *per second*. Since it is in a rainforest, the weather is humid, with temperatures ranging from forty-one degrees Fahrenheit in June and July to one hundred ten degrees Fahrenheit in December, January, and February. If you plan to visit Iguassu Falls, wear a hat and cotton clothes that can get wet.

Both Brazil and Argentina have developed their parks in such a way as to protect nature, yet give visitors a front row view! You can almost touch the falls, and it's certain that the falls will touch you. Don't forget your walking shoes; there are around ten miles of trail meandering through the rainforest, providing magnificent views of the falls, the forest, and the animal life.

There is much to see, so take your time. Take your camera. And take a few side trips within the park or to the other surrounding attractions. There are great boat safaris or helicopter adventures available to the daring. The park, the people, and the services all rate a solid five stars.

RECONHECIMENTOS

EU QUERO AGRADECER a todos que me ajudaram a completar este projeto. Minha querida amiga January apresentou-me ao Brasil e à sua cultura. Juntas nós exploramos o país e passamos muitos dias rindo! Sem a sua amizade e o gosto por aventura, meu amor por esta região e a descoberta desta bela lenda nunca teriam acontecido. Depois da nossa viagem, meu objetivo veio a ser manter esta lenda viva.

Foi-me importante que minha estória tocasse aqueles de diferentes experiências. Minha profunda gratidão a Márcio e Abigail Pinto por traduzirem esta estória em português. Foi um trabalho de amor para eles, e eu prezo sua dedicação. Lauren O'Connor, uma talentosa artista que vive em Nova Iorque, aceitou este projeto por amor. Sua visão única interpreta a estória de uma maneira que mexe com a imaginação. Ao olhar suas ilustrações, você encontrará detalhes escondidos. Eu considero suas ilustrações gemas.

ACKNOWLEDGMENTS

I WOULD LIKE to thank everyone who has played a role in helping me accomplish this project. My dear friend January introduced me to Brazil and its culture. Together we explored the country and spent many a day laughing! Without her friendship and sense of adventure, my love of this region and discovery of this beautiful legend would not have occurred. After our trip, my goal became to keep this legend alive.

It was important to me for my story to touch those from varying backgrounds. My deepest thanks go to Márcio and Abigail Pinto for translating this story into Portuguese. This was a labor of love for them and I appreciate their dedication. Lauren O'Connor, a gifted artist who lives in New York City, accepted this project out of love. Her unique eye interprets the story in a way that spurs the imagination. As you look at her illustrations you will see details hidden within. I call those gems.

Eu lhe agradeço por criar todas as belas ilustrações; sua arte acrescenta intensidade à estória. Eu também quero agradecer às editoras que me ajudaram a completar este projeto: Erica Lovett e Kaitlyn Gentile. Vocês foram generosas com seu talento e tempo. Eu sou grata por seus comentários e prezo seus muitos dons – muito obrigada!

Por fim, eu quero agradecer meu marido às minhas irmãs e minha mãe, que apoiam o meu trabalho. Eles têm estado ao meu lado minha vida inteira. Nós partilhamos nossos triunfos, loucuras e tragédias, rindo ao longo do caminho. Eu não consigo imaginar minha vida sem eles. Eu amo você, mãe.

Meu coração sempre está com o povo brasileiro, o sua cultura e com seu belo país.

I thank her for creating all of the beautiful illustrations; your art adds depth to the story. I would like to also thank the editors who helped me complete this project: Erica Lovett and Kaitlyn Gentile. You were generous with your talent and time. I am grateful for your comments and appreciate your many gifts – Thank you!

Lastly, I would like to thank my husband and sisters who support my writing. They are the ones who have been at my side though out my life. We share each other's triumphs, craziness, and tragedies, laughing along the way. I cannot image my life without them. I love you, Mom. My heart is always with the Brazilian people, their culture, and beautiful country.

A Autora

C.W. PETERS É autora de livros infantis, amante das artes e aventureira de longa data. Após formar-se em *Marketing* pela University of Houston, ela estabeleceu uma longa carreira na indústria de energia. Em 1996, ela obteve mestrado em Comunicação Social (TV/Rádio/Vídeo) pela Southern Methodist University, em Dallas, Texas. Ela esteve envolvida em projetos abrangendo filmes infantis e documentários. Seus entrevistados favoritos foram Rosa Parks e Steven Sondheim.

A carreira na indústria do petróleo lhe proveu um tesouro de experiências, as quais servem de inspiração em seu trabalho. *A Lenda das Cataratas do Iguaçu* foi inspirada por uma visita inesquecível ao Brasil que lhe acendeu o desejo de partilhar essa maravilha, e a estória por trás, com o mundo.

Atualmente, ela vive no Noroeste do Pacífico com o marido Gil e o confiável cão Rusty. O próximo projeto será uma série de livros infantis a respeito das aventuras e descobertas de Ira e Thaddeus. Fique ligado...

About the Author

C.W. PETERS IS an author of children's books, a lover of the arts, and a longtime adventurer. After receiving a Bachelor of Science in Marketing from the University of Houston, she went on to establish a lengthy career in the oil and gas industry. In 1996 she obtained a Master of Arts in Mass Communication (TV/Radio/Video) from Southern Methodist University in Dallas, Texas. She has since been involved in projects ranging from children's movies to documentaries. Her favorite interviews that she conducted were with Rosa Parks and Steven Sondheim.

Her career in the oil industry provided her with a wealth of experiences, which she draws upon often in her work. *The Legend of Iguassu Falls* was inspired by an unforgettable trip to Brasil that spurned her desire to share this magnificent wonder, and the story behind it, with the world.

She currently resides in the Pacific Northwest with her husband Gil and their trusted dog Rusty. Her next project will be a series of children's books about the adventures and discoveries of Ira and Thaddeus. Stay tuned . . .

Edwards Brothers Malloy
Thorofare, NJ USA
February 3, 2014